打怪的暑假

開一扇和孩子互視的窗

推薦序／黃東陽（國立中興大學中文系專任助理教授）

對我而言，「後生可畏」是指對孩子莫名的恐懼下習慣性的疏離。孩子並非無知，而是在思考方式、自約能力以至於行為模式都與大人間有著滿大的差異，而不被理解，可以說在思維上是自成體系的「獨立民族」。不僅對他們不易理解，更不知道要如何互動，我總消極地對孩子們來個敬而遠之。對那些能和這些孩子溝通，甚至理解他們腦袋裡在想些什麼的人，除了欽慕外，更深信他們有著常人所未有的特長，一種天生的超能力。磊瑄顯然是其中一位。

磊瑄去年考進興大中文系，選修了我所開設的「中國文學史」，成了我的學生。只不過在網路的世界中，我們還是「臉友」，在臉書上常讀到她最新創作的抒情文和小說——小說寫了不少集，亦尚在續寫，有著讀者和作者間的聯繫與互動。磊瑄的思緒細密，擅長分析人物心理，文筆也不錯，這樣的女生進入中文系，應當出於興趣，更是理所當然，何況興大中文文藝創作的風氣本來就很盛。只是沒料到她對兒童這群「化外之民」的心理，竟然也頗有心得，和她之前所寫的不少作品風格迥異，這可就在我的意料之外。更沒料想到的是，有「孩童恐懼症」的我，反而成了這本專為孩子們所寫的書的第一位讀者。

即便如此，讀這本書仍帶給我不少閱讀上的喜悅。書中最有趣亦最引人入勝之處，在於故事架構在時下青少年最熱中的線上打怪遊戲上，就此開展出一段屬於現代孩子的奇幻歷險。在敘寫中巧妙的虛實交錯筆法，不僅陳述亦交代故事的發展和孩子的心理轉折。在大人的思維中，多將網路遊戲視作絕對的虛假，卻未考量到這卻是孩子心中想像的反映與寄託，是如此的真實，於是大人總不免權威地禁止孩子們「沉溺」在遊戲世界；相對地，孩子們不也是抱怨著自己的父母長輩不理解他們，何以沉浮在悖離現實的虛構世界裡呢？無可避免的，在兩種族群間有了難以跨越的思維鴻溝。我不願意只是簡單地將這本書定位成喚醒、引導孩子們別再沉迷於網路世界的警世木鐸，事實上，它也召喚身為大人的我們，早已遺忘的那段叛離規範的青澀年光，與理解時下青少年想法與主張的體察能力。這不啻是一本青少年勵志的書，更是一扇大人和孩子間相互探視、看望的窗。

神迷不神迷要靠自制力

自序／徐磊瑄

有個畫面，一直令我印象十分深刻，也很擔憂。那就是——我的小侄兒玩線上遊戲，那副專注如入無人之地的神情。我很訝異一向活潑好動、片刻靜不下來的他，這世上竟還有一件事是可以令他保持那麼恆久的安靜狀態。我內心所擔憂的是虛擬世界的聲光影像刺激，除了能讓好動的他連吃飯、上洗手間等瑣事都忘記外，只怕連與人互動這麼重要的事情也會被他忽略，淹沒於線上遊戲的虛擬世界之中。

芝加哥有位心理學教授是專門研究「快樂」的，他曾提出一個所謂

「神迷理論」。這理論指出會讓人產生快樂感覺的共通點，並非無所事事，而是自發性地去完成某項有趣又有點困難的事情。當人們在做這件事的過程中，常會陷入一種渾然忘我的境界，並因專注其中而忽略身邊的人事物乃至於時間流逝，這種狀態稱之為——神迷。

我不僅在我小侄兒身上見證了「神迷理論」的存在，就連我自己本身亦是見證此理論成立的真實案例。當我在從事寫作時，也常會陷入所謂的神迷狀態，渾然忘了現實生活中柴米醬醋的種種折騰，只感覺一種物我兩忘的單純快樂。無怪乎精神科醫師會利用電腦遊戲來治療某些憂鬱症患者，讓他們能再找回「快樂」。

由此可知，玩線上遊戲不見得有全然的壞處，至少它能讓孩子們擁有一段時間的快樂，畢竟人生在世，「快樂」還是相當重要的一件事情。當然，人的一生中還有其他許許多多更為重要的事情需要完成，比如求學時期的孩子要完成學業，要訓練自己如何在團體中與人相處，乃至於養成良好品格等，這些皆屬人生的基本功課，對於未來一生的影響至遠至深。如若孩子們整天神迷於遊戲虛擬世界之中，而忽略身邊其他所有人事物，那自然是很不可取的。

本書裡的主人翁豪豪並未因母親的三令五申而放棄玩線上遊戲，反是逮到機會就大玩特玩沉迷其中，直等到自己親嘗苦果才知需有所收斂，卻因此差點付出難以挽回的代價。由此可知，一味禁止孩子接觸線上遊戲非但成效不大，或許還可能導致親子間的情感出現摩擦。

透過本書我最期盼的是，除了讓小朋友從豪豪身上看見，若是過分沉迷於線上遊戲可能導致的結果外，更希望家長們能多花些時間陪伴孩子，從小培養孩子所謂的「自制能力」。唯有孩子具備了基本自制能力以後，才能在家長看不見時依然謹守本分、不踰矩，而這將成為孩子能否順利面對將來人生的一項重要特質。

【目錄】

Chapter 1 好想成為龍騎士

豪豪興奮的打開置於家中客廳的電腦，立即迅速連結到「騎士大陸」的遊戲頁面，此時熟悉的遊戲片頭動畫絢爛流暢的在他眼前展開，搭上振奮人心、氣勢磅礴的配樂，每每都能讓他有種莫名雀躍不已的心情。

雖說長達三十秒的「騎士大陸」片頭應該要略過，畢竟它占據超寶貴的四十分鐘的八十分之一，但豪豪每次進入遊戲之前，還是會不由自主的重新再聆賞一次。

尤其他最喜歡的就是片頭動畫中的最後幾幕：一名高大威武的龍騎士手中

高舉那把帥到不像話的龍吟劍，腳則踩在一條神俊非凡、盤旋飛舞的金色巨龍上，當龍騎士左一劈右一砍的擊殺掉幾隻不知死活、飛撲而來的醜陋巨妖後，便立即發出一聲清亮的長嘯。此時，他腳下的坐騎金色神龍馬上心領神會主人的心意，載著他一路扶搖直上九天，然後一起以睥睨天下的神色俯視底下那一大片被他們所征服的廣闊大陸。最後的最後，天際盡頭突然「轟隆」一聲劈下數道閃電，閃光匯聚之處鐫刻出「騎士大陸」四個金光閃閃的大字。

每次豪豪欣賞完這段華麗的動畫片頭後，心底便會立即浮現出「真是酷斃了，好想好想趕快變成一個龍騎士喔……」的心聲。心中這樣想的同時，他的眼睛和手也沒閒著，忙著操作滑鼠，同時檢視今天所接收到的任務種類，然後從中選擇一個小型任務來執行。除此之外，他不忘以眼睛餘光稍微瞄一下擺在螢幕旁的那個小鬧鐘一眼。

「老師說的沒錯，果真是光陰似箭、日月如梭，只剩三十九分鐘了。真慘。」時光的快速流逝令他不禁在心中發出一聲哀嚎。

對於一心想要快點變成龍騎士的豪豪來說，每天可以進入「騎士大陸」練功的時間只有短短四十分鐘而已，的確滿慘的。老實說，短短四十分鐘的時間，連用來完成一個中型任務，有時都還嫌不太夠，更遑論要去執行一個較有難度的大任務了。所以他往往只能撿些簡易的小型任務來執行，可是這樣一來，不僅可獲得的經驗值與寶物獎勵少得可憐，連帶也影響他遊戲中角色的升級速度，若以這種龜速進行下去，還真不知

要等到何年何月，才能達到成為龍騎士的夢想。

豪豪時常覺得「每天只能玩線上遊戲四十分鐘」這條規定極不合理，被他歸類為和「一定要吃苦瓜與茄子，不准偏食」、「碰到長輩，不管你喜不喜歡都要主動問好」，還有「不准看綜藝節目」一樣，都是屬於「剝奪兒童人權」的惡劣規定。不過話說回來，豪豪其實也挺佩服自己的，因為原本媽媽規定的版本是「完全不准玩線上遊戲」，而現今這個「每天只能玩線上遊戲四十分鐘」的修訂版，還是他經過像國父創建民國那樣努力的革命過程，好不容易才爭取得來的呢！

記得當初在革命的過程中，豪豪可是很有智慧的精挑細選了一個爸爸在家，而且是媽媽才剛領績效獎金，心情看起來顯然宇宙超級無敵好的日子，才敢鼓起勇氣向媽媽開口的。當然，他同時也列舉很多玩線上遊戲的好處，比如能幫助訓練思考、增加手眼協調、紓解壓力等等，企圖說服媽媽解除「完全不准玩線上遊戲」的禁令。不過隸屬於「保守黨」的媽媽，自然不是他三言兩語就可輕易說服的，於是他當時便立刻以眼神向隸屬「開明黨」的爸爸，發出ＳＯＳ的求救訊號。

向來很寵愛他的爸爸果然不負所望，立即加入幫忙遊說媽媽的行列，接下來便進入一段相當冗長的協商過程。後來敵不過豪豪一直盧一直盧，不好意思完全不給爸爸面子的媽媽，終於點頭說了這麼一句話：「要玩線上遊戲可以，可是……天下沒有白吃的午餐喔。」

「嗯。」知道修法成功有望，豪豪與爸爸對看一眼後，立即很有默契的點頭齊聲說道：「那是當然。」

「好吧，看在你們父子倆這麼有誠意跟我協商的分上，要我同意豪豪每天可以適度的玩一會兒線上遊戲，也不是不行。只不過豪豪必須保證每天都要做到下列事項，那麼我才能開放讓他玩線上遊戲。」媽媽眼睛看向豪豪，特意「咳」一聲的清了清喉嚨，才洋洋灑灑的念出一大串豪豪每天要玩遊戲之前，必須得完成的任務清單。

「天啊！」聽完媽媽所列的清單後，豪豪不禁在心裡慘叫一聲，同時也清楚的意識到，這是媽媽最後的底限了。「天底下沒有白吃的午餐」這句話果然沒錯，想要玩線上遊戲，勢必得付出代價。那麼，付出高昂的代價究竟可換來多少遊戲時間呢？

豪豪怯怯的問道：「媽，請問做完您所規定的事情以後，每天可以玩多久時間？」

「四十分鐘。」媽媽想也不想就脫口而出。

「啥？」聽到每天必須先做完那麼多事情，才換來短短四十分鐘的線上遊戲時間，豪豪顯得相當失望。但他不敢向媽媽提出抗議，只好又以眼神向爸爸發出SOS求救訊號。

「老婆，依我看這樣吧，既然豪豪都答應要做那麼多妳規定的事情，不如就讓他玩一個小時，也不算太……」

「免談。要就要，不要拉倒。」不等爸爸說完話，媽媽就斬釘截鐵的回絕。

無奈的爸爸只能聳聳肩，向兒子投以一個抱歉的眼神。至此，這個「修法」程序算是拍板定案，不得再上訴。

從那以後，豪豪每天都得為了這寶貴的四十分鐘付出很多代價。包括所有作業都要先寫完、每一科考試成績都要保持90分以上、每天都要幫媽媽做至少兩件家事，還有，40分鐘的線上遊戲結束之後，他還得再回房間溫習一個小時左右的書才能上床睡覺等等。

以今天來說，他一放學回家就趕著先把功課寫完，然後等媽媽下班買晚飯回來，吃過以後要幫忙洗碗。接著媽媽會檢查他的功課，確定無誤之後，他還要趕著提垃圾袋去巷口恭候垃圾車的到來。好不容易垃圾扔了，他卻還得先去洗澡，之後才能坐在電腦前，進入那令他萬分著迷的虛擬世界——「騎士大陸」裡。

「帥，這樣就對啦！」今天遊戲才剛開始豪豪就特別幸運，他很快的完成了一項任務，還得到經驗值以外的意外寶物「續命丸」，這讓他興奮的叫了起來，同時不免又瞄了旁邊的小鬧鐘一眼。

「吼！」時間真是無情，只剩下二十五分鐘可以玩了啦。

「一切都要怪劉建業啦，為什麼要介紹我玩這麼好玩的遊戲呢？真討厭。」接下一個任務時，豪豪心裡叨絮著。

劉建業是豪豪的同班同學，就是因為他的推薦，豪豪才會掉進「騎士大陸」令人著迷的世界裡。

那是五年級下學期剛開學的事情了。有一回豪豪去劉建業家裡玩，才不過看他玩了十分鐘的「騎士大陸」，就令豪豪徹底愛上這款遊戲。

「怎麼會有這麼酷的動畫呀？」那是豪豪第一次見到那日後令他百看不厭的絢麗片頭動畫。如今五年級下學期已快要結束了，雖然每天只能玩四十分鐘，但不知不覺中也玩了一學期，花在遊戲裡的時間加起來並不算少。

今天能玩遊戲的時間還有二十五分鐘，接下來的任務卻有點難，對手是一群殭屍大軍；那些殭屍嘍囉倒還好應付，不過那個殭屍頭目卻是防禦力超強，即便豪豪每次都能以手中的「長鐵劍」百發百中的擊中它，可是長鐵劍的殺傷力太弱，不過是消耗了殭屍頭目的一丁點血而已。

經過數分鐘的纏鬥之後，殭屍頭目的血終於只剩一半，但豪豪遊戲中所扮演的副騎士角色卻已是氣血耗盡，命在旦夕。話說殭屍頭目最厲害的武器，不過就是那雙泛著森冷白光的枯爪而已，攻擊力道並不算強，偏偏豪豪身上所有的武器包括頭盔、戰衣、戰靴、鐵盾等皆屬於兩光牌的陽春配備，防禦力簡直弱到不行，所以往往只要一個不留神被殭屍的枯爪給掃中，就會流失掉一大灘血。

「真衰，早知道就不要接這個任務了啦。」面對殭屍頭目無情的連番攻擊，豪豪開始顯得左支右絀，不禁有些後悔。剛才分明還有好幾個比較簡單的小型任務可供他選擇，他卻一時鬼迷心竅貪功躁進，偏去選了這個可以獲得較多經驗值的中型任務，如今才會惹來這隻超級難纏的殭屍頭目。

「加油，不能死，拜託！林紫豪你千萬不可以死在這裡啊。」正做困獸之鬥的豪豪默默在心中為自己加油打氣，希望能順利闖過這一關，因為萬一死掉的話，所要付出的代價實在太高了。

在「騎士大陸」的世界裡，若是扮演的角色不幸死亡，共有兩種復活方式可供玩家選擇。第一種是去遊戲中的藥店百草堂購買「還魂丹」服下，如此即可不必損失任何經驗值便能原地復活。這個方法聽來固然不錯，問題是「還魂丹」超貴，需要很多遊戲中的虛擬貨幣——天幣——才能買得到，而「天幣」

又得動用到「新臺幣」才能換得。目前豪豪是既無「天幣」更無「新臺幣」，對他而言這方法自然是……「此路不通」，所以他能選擇的只有第二種復活方式了。

第二種方式完全不必花費一分一毫所謂的「天幣」，只要將虛擬人物死去的遺體送進遊戲中的「還生洞」，放上一天一夜，自然就會復活。乍聽之下這方式既經濟又實惠，似乎比第一種方式好。但問題又來了，還記得豪豪的媽媽曾說過「天下沒有白吃的午餐」這句話吧？原來第二種方式雖不必花錢，卻會扣掉玩家很多很多經驗值，多到會讓玩家簡直有種「痛不欲生」的感受。

以豪豪來說，他花了三分之一個學期努力練功，才從一個什麼都不是的小兵丁升級到「偏騎士」，又經過三分之二個學期的努力不懈，好不容易才升至如今所謂的「副騎士」之位。但是、萬一、如果，這次不幸被殭屍頭目給打死送進「還生洞」裡的話，待一天一夜復活之後，扣掉的經驗值就會害他被降回「偏騎士」，那豈不表示他三分之二個學期的努力都將付諸東流？若是如此，未免太讓人吐血了。

「都要怪媽啦，誰教她總是小氣巴拉的，真煩。」每當豪豪到了這種危急存亡之秋，就會在心裡偷偷埋怨起媽媽來。

「以我的努力和資質，如果媽咪肯讓我每天玩一個小時的話，我早就升到『正騎士』或『大騎士』了，裝備也會好上很多，根本不怕打輸這隻醜八怪臭殭屍。」左右手同時開弓，一邊敲打鍵盤、一邊驅動滑鼠忙著與殭屍作戰的豪豪，嘴裡不忘喃喃低聲抱怨道：「不然多給點零用錢也好啊，這樣我就能去換天幣，買些好一點的裝備了。唉……，還真是命苦，我怎會有個這麼小氣的娘。」

抱怨似乎無法改變他的副騎士即將面臨死亡的命運，即使他已服食一個任務中意外所獲得的珍寶「續命丸」，多補充了一些血，但那些額外所增加的生命值在殭屍利爪無情的攻擊之下，眼看著差不多快要消耗殆盡……。

「啊，挫賽……這回死定了。」豪豪頹然的停下手上的動作，連眼睛也閉了起來不忍再看，因為他估計只要再被殭屍爪子給抓

中一次、頂多兩次，非一命嗚呼不可。說時遲那時快，當豪豪再次睜開雙眼，不甘心的想看一下自己最後的下場時，螢幕上赫然有道耀眼綠光亮起，同時喇叭音箱中亦傳出一聲嘹亮鷹啼，瞬間那隻醜八怪殭屍便在他眼前被四分五裂，屍骨不全的自螢幕裡頭風化消失。

當豪豪聽見那聲鷹啼，又看見那把閃著綠光的超炫光劍，以及那面透體通黑的黑鋼盾牌時，不必細想也能猜到，前來救他免遭殭屍毒手的肯定是個位階高上自己好幾級的「鷹騎士」。這位跨坐在威武飛鷹上的鷹騎士不用作第二人想，八九不離十應該是他的同學劉建業。

「謝了，小業。」遲疑了一下，豪豪還是使用遊戲中的好友對話功能向劉建業表示感謝。

對於小業仗義出手援救，讓他虎口餘生，自然感到相當高興，也很感激。只不過此刻他卻有些矛盾，心想方才倒不如被那隻醜八怪殭屍給掐死算了。他之所以如此矛盾，原因很簡單，畢竟兩人是差不多時間一起玩這款遊戲的，小業頂多早他十來天而已。可是如今小業練功有成，已是個裝備精良的堂堂「鷹騎士」，他自己卻還只是個拿著破爛裝備的小小「副騎士」。

這就罷了，最令他介意的是，雖然小業前前後後在遊戲中救過他好幾次，很夠義氣，但每救完一次就會嘲笑他一次，這令他感到非常的丟臉，心裡也十分不舒服。

果不其然，面對豪豪所傳達的感謝，小業回傳的訊息非但不是「不客氣」之類的話，反倒是個大拇指向下，笑話豪豪是個「遜咖」的符號。

面對小業的嘲笑，豪豪心裡愈發埋怨媽媽定下的——每天只能玩線上遊戲四十分鐘——超級違反兒童人權的禁令，但莫可奈何之餘，也只能默默的在心中立誓：「總有一天我一定要超越你，比你更早成為一位偉大的『龍騎士』。小業，你等著看好了。」

經過殭屍大戰這番折騰，在鬼門關前繞了一圈回來之後，螢幕旁的小鬧鐘提醒著豪豪，還能待在「騎士大陸」裡的時間只剩十分鐘。這麼寶貴的十分鐘他可不想浪費，儘管遊戲中自己氣血所剩不多，但還是可挑一、兩項不必打鬥的簡易型任務來執行，比如替人送送東西什麼的，或許會有意外收穫也說不定。

正當豪豪騎著馬翻山越嶺，充當起快遞人員替人送件，好賺取那少得可憐的經驗值，沿途還東張西望，看會不會交上好運，能在路上拾獲什麼寶物的同時，螢幕上好友的對話框裡卻突然傳來小業的訊息：

「這州（週）末，虎團長要代（帶）我門（們）去打汁豬哭（蜘蛛窟），去不？」

雖然豪豪發現小業有很多字都打錯，不過他沒多說什麼，反正網路對話本來就是要求打字速度快，只求看懂就好，也沒多少人會去在意字打得正不正確。令豪豪比較在意扼腕的反倒是「騎士團」又有活動，自己卻不能參與。

原來在「騎士大陸」的世界裡，位階較高的騎士通常會發起成立「騎士團」組織，號召其他騎士共同加入自己的騎士團。這麼做的好處就是可以避免單打獨鬥，利用團體的力量去挑戰一些高難度的任務，亦可藉此與其他「騎士團」、「巫師團」、「殺手團」等團體合作或是抗衡，好增加戰鬥的籌碼與樂趣。遊戲中的豪豪與小業自然選擇了一個騎士團加入，由於他們所屬的騎士團團長位階是「虎騎士」，所以大家便稱他為虎團長，而身為鷹騎士的小業則是擔任副團長的職務。

這回並不是副團長小業第一次傳來有關騎士團活動的訊息，像是攻打蜘蛛窟這類超大型的特殊任務，一定要集合整個騎士團的力量方有達成的可能，而一旦任務成功之後，往往能得到很高的經驗值，不僅對升級相當有幫助，也有極大機會能在任務過程中獲得一些稀有寶物。可惜的是參與這種任務相當耗時，玩一趟下來非得兩、三個鐘頭不可，偏偏豪豪受到「每天只能玩線上遊戲四十分鐘」這緊箍咒的限制，媽媽根本不可能同意他花那麼多時間掛在網上打怪，所以他只好如往常一樣忍痛放棄。

「好想跟大家一起去打怪，但恐怕不行，我媽不會答應。」豪豪沮喪的回絕小業的邀請。

看見豪豪回應的訊息後，小業立刻以表情符號對他做了個鬼臉，並且很快的打下一行字傳輸過來：「每次都不參加，小心被虎竹出。」

豪豪看懂小業想說的是：「每次團體任務你都不參加，小心會被虎團長給竹出（逐出）騎士團。」當他看見「竹出」二字時，忍俊不住的莞爾一笑。

不知怎地，他突然想起一件小學三、四年級的往事。有一回老師在黑板上出了兩個造句題目請所有同學練習，分別是「天真」與「果然」。豪豪還記得當時有位同學很天才的造了如下的句子：

題目「天真」。同學答：「今天真熱。」

題目「果然」。同學答：「昨天我吃水果然後吃冰。」

當老師看見這位同學所造的句子之後，臉上那哭笑不得的表情，豪豪至今仍記憶猶新。因為想起這件事情，所以在他看見「竹出」二字時不禁笑了出來，不免在心中也造了個揶揄的句子：「竹出？我還歹『竹出』好筍咧。」

豪豪自然沒把心中這番念頭告訴小業，一來沒必要，二來實在沒時間了，桌上的小鬧鐘提醒著他，還能待在「騎士大陸」世界裡的時間只剩最後「五分鐘」。這五分鐘他除了要繼續充當快遞幫凌波仙子送一封信給龜仙人之外，還趕著要先與小業商量一件事情。

豪豪：「還剩下兩個星期就要期末考了耶。」

小業：「？」

豪豪：「你也知道，考前一個星期，我媽是不准我玩的。」

小業：「嗯。」

豪豪：「所以想要拜託你，到時幫我照顧一下。」

小業：「OK。」

豪豪：「謝了。」

除了道謝，豪豪還立刻補上一個大大笑臉的表情符號對小業致意，以感激他的義氣相挺。每當考前的一個星期，他都要麻煩小業用自己的帳號密碼登入遊戲中替他「練功」，以免徒然浪費光陰，進度落後太多。

只是有件事情豪豪始終想不太明白，明明自己和小業是同班同學，像這種要請他幫忙的事大可在學校碰面時，面對面溝通即可，為何非要趕在遊戲中先與他敲定不可呢？

Chapter 2 從天而降的超級大禮

和小業結束對話以後，豪豪使命必達的將凌波仙子的信送到蓬萊仙山的龜仙人手中，順利完成送件任務。運氣很好的是，龜仙人為答謝他的辛勞便送他一副龜甲；這龜甲的樣式雖然挺拙的，卻可增加不少防禦能力。

正當豪豪為了這額外的收穫而欣喜時，桌上的小鬧鐘恰巧「嘟嘟——嘟嘟——」的響了起來。四十分鐘過得真是超快，該是離開「騎士大陸」的時候了，雖仍意猶未盡，他還是心不甘、情不願的從遊戲中登出，迅速將電腦關機，以免招來媽媽的責備。

等待關機時，豪豪從椅子上站起來伸了個懶腰，順便活動一下筋骨。或許是方才與殭屍頭目的那場大戰打得實在太過激烈，當時沉溺於遊戲世界裡尚未發覺，等關機之後一站起來，倒還真覺得有些小疲憊呢。

這時候從門口玄關處傳來開門的聲音，原來是在電腦公司擔任工程師，經常都得加班到很晚的爸爸回來了。和在日商公司上班，平時多半能準時下班的媽媽比較起來，豪豪總覺得爸爸的工作比媽媽要辛苦太多了。

「爸，你回來囉。」一看見向來與自己最麻吉的爸爸一臉倦容，豪豪立刻貼心的趨前招呼，並伸手接過他手裡的公事包。

「謝囉，兒子。」爸爸一見到豪豪，原本疲憊的臉立即露出一抹笑容，並且慈愛的摸摸寶貝兒子的頭，以示感謝。

豪豪將爸爸的公事包擺至定位後問：「爸，你要喝水嗎？我去幫你倒。」

爸爸笑說：「不用了，爸爸想先進房間換衣服、梳洗一下，你去做自己的事吧。」

「嗯。」豪豪點頭。等爸爸進房以後，他便懶洋洋的移動腳步回自己的房間，準備開始睡前的最後一項任務——溫習功課。

「今天實在太可惜了，要是沒接打殭屍那項任務的話，我就能再完成兩、三個任務，經驗值也能多一點……，真是賠了夫人又折兵，划不來。」一本數學課本攤在豪豪眼前，他卻沒將心思放在上面，滿心還想著適才的遊戲內容，同時還琢磨著明天要先執行哪一項任務，才能更快賺到經驗值，早日升級。

思來想去他總覺得自己可以玩「騎士大陸」的時間實在太少，就因為這樣，階級才會落後小業遠遠一大截。所以不如想想要如何透過跟自己比較麻吉的爸爸，去向媽媽爭取更多玩遊戲的時間，還比較實在。

「沒錯，就這麼辦。我記得好像有句話說，上陣不離父子兵，只要爸爸能跟我一起聯手，相信一定能突破媽媽對我的人權封鎖。」想到這裡，突然雙手握拳，興奮的從椅子上站起來，只是不到三秒鐘，旋即又頹然的將手一鬆癱坐回椅子上。

「我想，應該沒這麼容易吧。」他自言自語著：「我記得好像有另一句話說，苛政猛於虎，指的應該就是老媽吧；有時她一凶起來，簡直比老虎還要可怕，哪那麼容易可以突破她的封鎖呢。唉……」

豪豪這麼東想西想，不知不覺中，時間便已過了半小時。

「糟糕，今天應該要複習數學，連一題都還沒開始算呢。」等豪豪回過神來，才驚覺老師交代要複習的數學題，竟還原封不動的待在課本裡頭等著他。萬一明天被老師抽問到，自己卻不會算，那可就糗囉。

他告誡自己：「不行，林紫豪你千萬別再胡思亂想了，媽媽哪有可能會同意給你更多時間去玩線上遊戲呢？還是先把數學算完趕緊睡覺，比較要緊。」他決定先到廚房泡一杯阿華田喝，好提振精神，便趕緊把幾題今天要複習的數學題算一遍，算完之後準備上床睡覺。

他往廚房的方向走去，經過父母緊閉的房門，隱隱約約聽見房裡傳出爸媽交談的聲音，聽起來似乎正商討著什麼事情。起初他根本沒想到父母商討的事情與自己有關，所以不以為意，仍去廚房沖泡了一杯香濃的阿華田，然後小心翼翼的端著，準備回房溫書。不料在返回自己房間，又經過爸媽的房門時，他卻突然聽見房裡的爸爸問了這麼一句：「那豪豪呢，豪豪該怎麼辦？」

「咦？」爸爸的話徹底勾起豪豪的好奇心，他心想：「原來爸媽正在談的事情，竟然跟我有關？」

到底是什麼事情與自己有關，還要讓爸媽如此關室密談？豪豪抑制不住快要滿出來的好奇心，悄悄的將耳朵貼在門板上，想聽聽父母到底在商量些什麼。

豪豪豎起耳朵，聽見爸爸正埋怨道：「我說老婆，妳們公司這個派令，未免來得太突然了吧。」

媽媽語氣則顯得有些無奈：「沒辦法，我也不想啊。」

「有沒有可能跟公司拒絕，說是家裡有事，今年無法前往？」爸爸以商量的口吻對媽媽說。

「不行！」媽媽一口回絕：「你不是不知道，我等這次受訓的機會，不知等多久了。」

「但你們公司，不是每年都有派往日本受訓的名額嗎？」爸爸似乎猶不死心，仍想試著說服媽媽。

「是啊，每年都有，但名額只有一個。如果要慢慢等，不知要等到何年何月才能輪到我。今年恰巧是因為原本要去日本受訓的那名同事，前幾天騎車不小心摔斷了腿，其他比我資深的同事也因為有事一時抽不了身，好不容易，我們經理才將這難得的機會給了我。所以……」媽媽斬釘截鐵的表明態度：「無論如何，我是絕不可能放棄的。」

面對老婆的堅持，爸爸只好嘆了口氣問道：「既然如此，說了半天，問題又回到原點。豪豪呢？豪豪該怎麼辦？難道要放他一個人在家？雖然說他就快升上六年級，但畢竟只是個孩子啊，何況再過兩個星期就要放暑假了。」

對於爸爸一再將問題丟出來，媽媽似乎有些不太高興。她陡然將聲音提高了八度：「老公，你未免太自私了吧？平時你總是加班，豪豪不論是功課或生活起居，幾乎是我一手包辦。如今我不過是去日本受訓幾個禮拜而已，你就不能配合一下，早點下班照顧兒子嗎？難道說兒子的事情，你一點責任也沒有？」

「我不是那個意思。」察覺老婆已有怒意的爸爸趕緊將姿態放軟，輕聲說道：「妳有機會去日本受訓，我替妳感到高興。可是偏偏接下來兩個月公司趕出貨，我還是得每天加班到很晚，抽不出時間來照顧豪豪。所以我的意思是無論如何，總要想出一個妥善的方法來解決這件事情，並非反對妳去受訓，妳先別生氣。」

「我不管，反正這次去日本受訓的事情我勢在必行，沒得商量。」

由於媽媽的聲音聽來餘怒猶存，爸爸只得示好說：「我知道，我們再想想其他辦法就是了……」

豪豪偷聽到這裡時，已大致明白是怎麼一回事了。為免被發現，他躡手躡腳的後退，遠離爸媽的房門，接著再放輕腳步悄悄的回到自己的房間。

此時坐在書桌前的豪豪已無心再演算那幾道數學習題，他心中一則以憂、一則以喜。憂的是，即將到來的兩個月暑假，自己的命運將不曉得會被如何安排。喜的是，媽媽遠赴日本受訓，他的鼻端似乎已嗅到了那麼一點自由的氣息。

「今年暑假應該會和往年一樣，白天都在補習班跟才藝班裡度過吧？」適才偷聽父母談話的豪豪心中揣想：「可是晚上呢？爸爸還是忙加班，媽媽去了日本，家裡就只剩我一個了。」

一想到像老虎一樣凶巴巴的媽媽將會有段時間不在家，豪豪臉上忍不住透出笑意：「呵呵。如此說來……，豈不是山中無老虎，猴子稱大王？」

「不對，不對。」豪豪馬上輕輕的敲了下自己的腦袋，笑著想：「把媽媽比喻作老虎實在有點不禮貌，而且把自己比喻作猴子也有點奇怪。哈哈。」

緊接著豪豪又想：「可是如果爸、媽都不在，那誰來照顧我？誰要弄飯給我吃，幫我洗衣服呢？這麼一想，媽媽若不在家的話也是挺麻煩的。還是說，媽媽會拜託什麼人來家裡照顧我？」

就這麼東想想、西猜猜，不知不覺時間過去了。豪豪看見書桌前的小鬧鐘，不禁心裡一驚：「哇，十點半了呢，要趕緊上床睡覺，不然等一下被媽媽發現我這時間還沒上床躺平的話，肯定又要被念。」

豪豪起身，動手把桌上的檯燈關掉，然後走到床邊鋪平棉被準備就寢，卻又煩惱起今天還沒複習的數學題，只好安慰自己：「明天該不會這麼巧，剛好被數學老師給叫起來算數學題吧。」

「叩、叩、叩。」門口突然傳來敲門聲，原本已躺進被窩裡的豪豪一聽便又從床上坐了起來，隨即看見爸爸媽媽將房門給推開，走了進來。

媽媽進來以後一屁股坐在豪豪的床邊，用一種略帶歉意的眼神看著他。接著進來的爸爸則偷偷向他眨了個眼，眼裡滿是笑意。

「媽媽有件事情想跟你說。」媽媽將豪豪的手握在手裡，用虧歉的語氣對他說：「過幾天，公司會派媽媽去日本受訓，那時你應該已經放暑假了。媽媽真的很抱歉，這個暑假，沒辦法陪在你身邊了。」

「是喔？」豪豪盡量裝出是第一次聽見這消息的樣子，驚訝問道：「媽，那妳要去多久呢？」

「恐怕要七、八個星期吧。」聽得出來，媽媽的聲音透著不捨與不放心。「豪豪，你長這麼大，媽媽從來沒離你這麼遠、這麼久過。現在你即將升上六年級，是個大男孩了，媽媽希望趁這次機會，能放手讓你試著學習獨立。」

聽見媽媽這麼說，豪豪試探性的問：「可是……媽，雖然妳不在，還有爸爸可以照顧我。不是嗎？」

「你爸爸呀……」聽見兒子提起，媽媽看了站在一旁的爸爸一眼，怨懟說道：「這陣子他們公司趕出貨，他每天都要加班盯著產品的良率到很晚，恐怕沒時間在家裡好好照顧你。」

「是啊，兒子，真的很對不起你囉。」爸爸雖然嘴上這麼說，卻依然面帶笑意對著豪豪擠眉弄眼。

豪豪實在搞不清楚爸爸的表情到底是什麼意思，便疑惑的望向媽媽，心想：「趕快揭曉吧，到底這暑假，你們是打算怎樣安排我？」

媽媽彷彿聽見豪豪的心聲，說道：「暑假讓你去鄉下阿公阿嬤家住，好不好？」

答案揭曉，原來爸媽是想讓自己暑假時，去鄉下的阿公阿嬤家住。這可真是天大的好消息，他總算明白方才爸爸為什麼會一直對自己微笑的原因，原來他是在對自己說「恭喜、恭喜」呢。

因為豪豪是長孫，同時也是唯一男孫，所以鄉下的阿公阿嬤向來對他寵愛有加。太好了，他似乎預見自己將會有個無拘無束的愉快假期。雖然雀躍不已，卻不敢過分表現，免得媽媽發現，便假意的說些「啊，要去阿公阿嬤家住喔？那我豈不是很久看不到爸媽了？」、「這樣，我會很想念媽媽耶。」之類的話。

這些言不由衷的話被爸爸聽出來，他笑著偷偷對豪豪比了個讚，像是在稱讚他的演技。反倒是向來精明的媽媽，卻完完全全被兒子的貼心給徹底感動，她擁抱豪豪一下，不捨的說：「媽媽也會很想你啊，可是沒辦法，這次去日本受訓對媽媽來說實在很重要。豪豪，你不會怪媽媽就這樣把你丟到阿公阿嬤家吧？」

看見媽媽這麼難過不捨的樣子，豪豪趕緊安慰她：「當然不會啊，媽，妳儘管放心去受訓，我會乖乖在阿公阿嬤家等妳回來的。」

「好，我們家豪豪真的長大了，好乖。聽你說這麼懂事的話，媽媽就比較放心了。」說著

說著，她竟眼眶泛紅。可能是打從豪豪出生以後，她從未出過遠門，所以才會如此牽掛不捨。

爸爸看不下去，便逗趣的對老婆兒子說道：「又不是馬上要分開，離放暑假還有兩星期呢，這時候就開始演起『離情依依』的戲碼，會不會太早了點啊？何況妳不過是去日本受訓幾個星期而已，又不是幾個月或幾年，有必要這樣子嗎？」

聽爸爸這麼說，媽媽也覺得自己似乎有點太感傷，有些不好意思起來。不過她還是假意的瞪了丈夫一眼，嗔道：「哎喲，你不懂啦！」

「好，算我不懂。只是時間也晚了，明天還要上班上學呢，是不是該讓妳的寶貝兒子早點休息了呢？」爸爸說著便伸手去拉媽媽的手。

媽媽則從豪豪的床邊站起來。

「今天該複習的功課，都複習了嗎？」感性消退，理性返回的媽媽突然對豪豪這麼一問。

「啊，喔，我……，我都複習好了啦。」被媽媽嚇一跳的豪豪，答得很心虛。

幸好媽媽沒有察覺，滿意的說：「那就好。那晚安囉，兒子。」

「媽晚安，爸晚安。」豪豪這才鬆了口氣。

「晚安。」爸爸跟豪豪道了晚安後，就拉著媽媽走出他的房間，順手替他關上房門。

「呀呼，YA！」爸媽離開以後，豪豪差點要從床上跳起來大聲歡呼。

剛開始玩「騎士大陸」時，他曾去便利商店買過99元的遊戲包；隨包附贈玩家有個大禮包，至今他還記得當時打開禮包看見那麼多寶物在裡面，那種超開心的感覺。現在他比那時還要開心十倍不只，因為今晚從天上掉下了一個暑期超級大禮包；禮包裡所裝著的，正是他渴求已久的——自由。

Chapter 3

鐵三角的暑期約定

「豪豪，動作快點！趕快吃早餐，爸爸在等你，不要害他遲到了。」才一大早，就傳來媽媽大嗓門的叫聲。

昨晚豪豪實在太興奮了，滿腦子想的都是即將到來的自由暑假，要如何在「騎士大陸」的世界裡盡情揮灑，以求快速晉級，結果在床上翻來覆去怎麼也睡不著，導致今天早上差點就起不來。

豪豪用牙刷隨便馬虎的將牙齒刷了兩下，便急忙「呼嚕呼嚕」的漱口，等把水吐掉之後便趕緊大聲的應了一聲：「好，我來了。」

爸爸早就坐在飯桌前焦急的直看著手表，等豪豪一出現，他立刻起身邊走邊對他說：「把早餐帶著，到爸爸車上吃吧。」

聽見爸爸的話，豪豪先把餐桌上裝有牛奶的杯子拿起來「咕嚕咕嚕」的喝了兩大口，之後再順手抓起三明治，跟在爸爸的屁股後面出門去了。

「媽再見，我跟爸出去囉。」關門時他不忘大喊一聲跟媽媽道別。

「好，再見，跟爸爸說要小心開車喔。」正在廚房洗鍋子的媽媽聽見豪豪的喊叫，探頭應了一聲，然後嘴裡咕噥道：「父子倆都一個樣，就是愛賴床，總搞得匆匆忙忙的，連頓早餐也沒辦法好好坐下來吃。」

豪豪就讀的小學離家並不是太遠，開車約莫五分鐘的路程而已，所以一下子就到了。但是爸爸上班的地方就比較遠了，等他把豪豪送到學校之後，還要開上三、四十分鐘的車才能到。因此一到校門口，豪豪一秒鐘也不敢耽擱，馬上開門下車對著車裡的爸爸道：「爸bye-bye。喔，對了，媽交代你路上開車小心。」

「嗯。」車裡的爸爸對豪豪點頭揮手，便將車子迅速的駛離，趕著上班去了。

豪豪在校門口目送爸爸的車子離開以後，才一回頭，恰好就撞見同學小業迎面走來。「咦，小業，這麼巧，一起走吧。」

小業對他「嗯」了一聲，算是打招呼。

豪豪不以為意，只迫不及待的想將暑假要去鄉下住的好消息，分享給這位在「騎士大陸」世界裡並肩作戰的好朋友知道。

「小業，你知道嗎，這個暑假我媽要出國，我會去爺爺家住，到時就可以每天玩很久的『騎士大陸』囉。」豪豪用超級興奮的語氣說道：「而且也可以跟著我們騎士團出任務，相信過不了多久，我就可以升上高級精英騎士了。」

儘管豪豪說得興高采烈，小業聽了之後卻還是「嗯」了一聲，並無其他反應，態度相當冷漠。他的冷漠，豪豪習以為常，因為他對其他同學的態度也是如此。

小業在班上的成績算是中等，或許是習慣電腦打字的緣故，所以常被老師糾正字寫得太潦草，錯別字太多。此外，他在同學間以孤僻出名，總是不太愛理人，也不太跟人說話，在班上的人緣向來不佳，除了豪豪以外，幾乎沒有其他朋友。

突然間，豪豪想通了一件事情。之前他始終不太明白，明明自己與小業是同班同學，可是每當有事要請他幫忙的時候，總不願在學校碰面的時候跟他說，非要挑在玩遊戲時才向他提起。

原因很簡單，雖然豪豪心中早把小業當成好朋友，明白他與人應對時的「冷漠風格」，並不因此有所芥蒂。但說實話，以現在他興匆匆的急欲分享「暑期好消息」為例，卻只換來他簡短的一聲「嗯」，這種熱臉去貼冷屁股的感覺，還真是教人很難喜歡呢。

奇怪的是，網路遊戲世界裡的小業卻比較熱情，很愛跟人在線上交談（儘管打字交談的錯別字依然很多），因此交到非常多的朋友。兩相比較之下，豪豪自然比較喜歡網路世界裡的那個小業，所以每當有事請他幫忙時，自然寧願選在網路上跟他提起。

「別這樣嘛，你不替我高興一下喔？」有時豪豪會試著跟小業多說兩句，看看能不能激起他說話的熱情。

「嗯。」想不到小業望了豪豪一眼，仍只「嗯」了一聲。不同的是，這回多加了一個點頭的動作。對他來說，這已經算是很有誠意的了。

「謝……了。」除了臉上冒出三條線，豪豪還能怎麼樣呢？有時他真搞不清楚，到底哪一個才是真正的小業？他心想：「明明是同一個人，為何現實中的小業會與網路裡的那個他相差這麼多？」

即便如此，豪豪還是從書包裡翻出一張白紙，交給小業，上面有他事先寫好的遊戲帳號與密碼。

「對了，這個就要麻煩你囉。」馬上就要期末考，每每碰到考前一周，總得麻煩小業替他練功。

「嗯。」小業不囉嗦的就把紙條收下，還真不愧是省話一哥。

豪豪與小業才一走進教室，就看見今天的值日生正忙著將緊閉了整夜的教室窗戶一一打開，好讓空氣流通。

「啊，糟糕！」豪豪仔細的看了一眼那兩個正忙碌的身影，不就是自己班上最要好的兩位朋友；龔黛蘋和于子光嗎？他像是突然想到了什麼，匆忙的將書包一放便趕緊上前去幫忙開窗。

「小蘋，真不好意思，我來晚了。還有小光，麻煩你囉，謝謝。」豪豪這才想起今天的值日生其實是自己和小蘋，要提早進教室開窗正是值日生該要做的工作之一，所以他才會急忙上前，一邊動作一邊向小蘋致歉，同時也向小光致謝。

「你喔，又賴床了吧？」小蘋瞪了豪豪一眼，臉上卻滿是笑意，一點也沒有生氣的樣子。

小光則是笑對豪豪說：「沒什麼，別忘了，我們三個可是鐵三角喔。」

於是在他們三人分工合作之下，很快的就把早自修時間值日生該要做的所有事情都給做完了。當工作做完時他們還很有默契的相視一笑，然後才各自回到自己的座位上。

小蘋的座位恰好就在豪豪旁邊，所以當兩人一坐定，小蘋便問：「今天第一堂課是數學，昨天數學老師要我們回家複習的題目，你做了沒有？」

「啊？」昨晚根本沒有複習功課的豪豪聽小蘋這麼一問，嚇了一跳。他不想讓小蘋覺得自己很偷懶、不用功，只好結結巴巴的撒了個謊：「有……有啦，題目我都算了。」

小蘋點點頭說：「那就好，你有沒有不懂的？不懂的趕快問我，不然等一下如果被數學老師抽問到，你就糗了。」

「喔，那個……，我大致上都會算。」豪豪努力的回想昨天數學老師上課時所教的內容，隱隱約約好像感覺當時老師所教的自己都懂了，但又似乎有些沒把握。不過為了不想在小蘋面前出醜，便只好這麼說了。

聽他這麼一說，小蘋點點頭說：「那就好，我去問一下小光，看他需不需要我幫忙。」

話才一說完，小蘋就離開座位找小光去了。

豪豪不禁回想起自從五年級一開始，他與小蘋、小光三人同班以來，感情就一直非常好。

記得那時升上五年級才剛分班，每位同學都顯得十分陌生，這令生性有些害羞的豪豪不免感到有些不自在。尤其被分配坐在他旁邊的可愛小女生，長得一副標準模範生的樣子，起初他還真擔心不知她會不會很難相處。

「嗨，我的名字是龔黛蘋。」讓豪豪意外的是才一下課，小蘋就主動向他自我介紹，還拿來寫有自己名字的作業簿給他看。「呵，我的名字很難寫，對吧？你呢，你叫什麼名字？」

「我叫林紫豪，大家都叫我豪豪。」豪豪靦腆的拿起自己的作業簿給小蘋看。

小蘋看見他的名字後「哇」了一下，笑著對他說：「原來你的名字，寫起來也不怎麼輕鬆喔。」

豪豪笑著回答：「是啊，不過我比妳幸運了那麼一點點，我爸姓林。」

小蘋聽了以後哈哈大笑：「的確沒錯，唉……」她故意嘆了口氣，然後惋惜的說：「要是我爸姓丁的話，那就好囉。」

這回換豪豪被她逗笑了，他假裝拍了下自己的腦袋，一副恍然大悟的表情說道：「對耶，妳不說我沒想到，虧我還在這邊得意老半天，自以為姓林已經很幸運了。算起來『林』還有八劃，可是『丁』，只有兩劃耶。」

小蘋立刻正經八百接著說：「完全正確，所以我從小最怕的，就是被罰寫自己名字。」

「我也是。」

就這樣，兩人從彼此名字的筆劃都很多開始聊起而結緣，之後變成無話不談的好朋友。

小蘋長相甜美可愛，不僅功課好，待人又親切有禮，所以在班上的人緣非常好，深受老師與同學的喜愛。對於能和這麼優秀的同學變成好朋友，豪豪一直引以為榮。

至於會和于子光為成好朋友，倒不是因為他的名字特別好寫的緣故，雖說豪豪與小蘋的確很羨慕小光，能擁有一個筆劃比較簡單的名字沒錯。

事實上豪豪與小光是因籃球而結下交情的，由於他和小光皆屬高瘦型的男生，兩人球技相當，常在籃球鬥牛賽時一起組隊痛宰對手，就成為好朋友了。

後來每當他與小光在籃球場上廝殺的時候，小蘋往往會在一旁當起啦啦隊，替他們兩個加油。有時如果人數不足，長得挺高的小蘋甚至還會下場同他們一起並肩作戰。就這樣，三人便慢慢培養出深厚的友誼。

除了籃球外，豪豪、小蘋與小光三人也因另一項共同興趣，而更進一步結

為同學們口中所謂的「鐵三角」，這所謂的共同興趣就是——閱讀課外讀物。

說起來豪豪的閱讀習慣還是媽媽給培養出來的。他記得小時候有一段時間，媽媽為了專心在家照顧他，便沒有出去上班。那時媽媽常會抱著小小的他，手裡拿著一本童話故事書念給他聽。後來等他稍微大了點，媽媽便會去買些印有大量彩色圖畫的簡單童書，陪他一起看。

即使到了現在，媽媽雖因工作的緣故，已不再有時間和精神陪他一起看書，卻仍時不時會買個幾本書回來要求豪豪閱讀，偶爾與他一起討論書中的內容。一樣有著閱讀課外讀物習慣，鐵三角中的另兩名成員，同樣會與豪豪討論、分享彼此所看過的書，比如一些經典文學、兒少小說或是偉人傳記等，有空的時候就會聚在一起，聊聊彼此最近的讀書心得。

「豪豪好棒喔，怎會看過這麼多書啊？」小蘋很羨慕豪豪讀過許多課外讀物。

「沒辦法，誰教我媽老是常買書回來給我。她總跟我說開卷有益。」豪豪聳聳肩的說。

雖然豪豪讀過許多課外讀物，但若以課業成績而言，小蘋還是最強的，她向來能保持班上前三名。豪豪的成績在媽媽的嚴格督促下還不算太差，大約都能保持前十名左右，只不過數學是他的罩門，每次都念得很辛苦才能達到媽媽所要求的九十分。至於小光的課業成績則是較差的，每次考試都在班上中後段，不過他倒是有項別人所少有的特殊才藝，那便是寫得一手很棒的毛筆字。

這項才藝聽小光說是他的外祖父教出來的。其實認真說來，小光的身世還挺可憐的，他的父母在一場意外之中喪生，全靠外祖父母將他一手給拉拔長大。

鐵三角之間無論家世如何、誰看過的課外讀物多，亦或是誰成績最好，都不會影響彼此的友誼，他們相當珍惜三人間的感情，約定要做一輩子的好朋友。事實上豪豪心中，除了爸爸、媽媽等家人外，占有最重要地位的就是小蘋與小光這兩位好朋友。

時間過得飛快，一轉眼期末考已經考完。今天是暑假的第一天，而明天，就是豪豪的媽媽要啟程飛往日本受訓的日子。

「太棒了！」房裡換衣服準備外出的豪豪忍不住雀躍的心情，大叫了一聲。

前兩個星期為了準備考試，他根本沒辦法上線玩「騎士大陸」，心中很是牽掛那在遊戲中的「自己」，現在不知怎麼樣了？小業到底有沒有幫他好好的練功？還會不會遇上什麼厲害的對手，結果被打掛抬進「還生洞」裡，慘遭降級？

偏偏小業那個「省話一哥」，每次在學校問他代為照顧的近況，他總以「很好」兩字來回答他。豪豪想多問兩句，他就會露出不耐煩的神色，好像是在說：「那麼煩，乾脆你領回去，我不幫你照顧了。」嚇得豪豪再也不敢多問。

如今煩人的考試終於結束，媽媽也即將出國，明天就是他要去鄉下爺爺奶奶家暫住的日子了。眼看裝著「自由」的暑假大禮包將要開啟，這教豪豪的心情如何能不雀躍萬分呢？這樣的好心情，使他一邊換衣服的同時，嘴裡一邊輕哼著「騎士大陸」的配樂。

可是當他換好衣服，照了下鏡子臨要出門之際，嘴裡所哼唱的旋律卻戛然而止，因為他想起等一下要外出的原因。

今天鐵三角之所以會特意約在暑假第一天去速食店碰面，除了因為明天豪豪就要啟程去爺爺家之外，還有就是小蘋將會在幾天之後，跟著她媽媽回澎湖的娘家探親，並且住上一段時間。這意謂著他們三人在漫長的暑假期間，將暫時不再見面。

有好長一段時間不能與兩位好友碰面，豪豪自然有些傷感，就連原本的好心情也瞬間消失不少。

今天速食店裡的人超多，豪豪推門進去以後四處尋找。

小光早就遠遠的看見他，連忙舉起手來跟他打招呼：「豪豪，這邊。」

豪豪一看見，便快步朝兩位好友走過去：「嗨，我來了。」

等他坐定以後，發現原本一向活潑開朗、整日嘰嘰喳喳的小蘋，只懶懶的對他說了聲：「你來囉。」神色看來似乎有些哀傷。

豪豪不知小蘋發生了什麼事，只好揚揚眉毛以眼神詢問小光，沒想到小光竟對他聳聳肩，表示不知道小蘋究竟是怎麼了。

豪豪關心問道：「小蘋，妳怎麼了？看起來不太開心的樣子。」

小光則關心的說：「對啊，有什麼不開心的事情就說出來，我們聽看看。」

小蘋聽見兩位好友的話後抬頭看他們一眼，神態有些欲言又止，沉默了幾秒鐘後，她說道：「沒有啦……，我想到明天不能再見到你們，心裡有些難過嘛。」

雖然小光家裡環境並不好，只能靠外祖父的微薄退休俸來維持家計，卻生性樂觀。他聽了小蘋的話後呵呵笑道：「哎喲，小蘋，妳未免想太多了吧？我們又不是永遠不見面，只不過一個暑假而已嘛，幹麼這麼難過。」

可是豪豪聽了小蘋的話後卻另有一番想法，他總覺得小蘋好像怪怪的，因為以她向來開朗的個性來說，應該不會為了一個暑假的暫時別離，就難過成這樣。

豪豪問：「小蘋，妳這次去澎湖外婆家，要住多久？」

「我……，我也不知道。」小蘋不僅聲音聽來有些哽咽，而且還有淚水在她的眼眶中打轉。

看小蘋這樣，小光連忙安慰她說：「別這樣嘛，在澎湖就待兩個月，開學之後妳會回來上課，到時我們不就又聚在一起了？所以別太難過囉。」

想不到小光這番安慰的話非但沒有效果，反惹得小蘋趴在桌上哭泣，看起來很是傷心的樣子。

小蘋這一哭可把豪豪與小光給嚇了一跳。

小光搔搔自己的腦袋不解的問：「豪豪，我有說錯什麼話嗎？」

豪豪不明白小蘋為什麼突然哭了，只能輕拍她的背脊安慰她說：「妳別哭嘛，心裡有什麼事不妨說出來，我們不是好朋友嗎？」

小蘋彷彿沒聽見似的，還是哭得很傷心，這時速食店中有些客人發現了，眼光頻頻向他們望過來。

小光被看得十分尷尬，只得附於小蘋耳旁小聲的說：「現在人家都在看我們呢，妳別哭了好不好？他們一定會以為是我和豪豪欺負妳啦。」

聽見小光的話後，小蘋才慢慢止住哭泣，不過等她抬起頭來時，兩隻眼睛早已哭得又紅又腫。

看見她不哭，豪豪這才問道：「妳到底怎麼了，為什麼突然哭起來了呢？」

小蘋沒有回答，只是邊以面紙擦眼淚，邊對豪豪與小光說：「你們兩個，暑假期間一定要跟我保持聯絡，聽到了沒有？」

儘管小蘋沒有回答自己的問題，但見她不再難過，豪豪便趕緊比了個OK手勢，小光也跟著很有默契的比了個OK。最後，連小蘋也伸手比了OK，呈現鐵三角慣常表示一致通過提議時，所會出現的標準「三OK」手勢。看見這個「三OK」，小蘋臉上才恢復了以往慣有的笑容，完全一掃方才的陰霾。

看見好朋友總算笑了，豪豪則開心的說：「放心好了，我一定會寫e-mail給你們的啦。」

小光一聽，搔搔頭對豪豪說道：「可是，我家沒有電腦耶。」

豪豪這才猛然想起小光家根本沒有電腦，他歉疚的說：「對喲，小光對不起，我忘了。」

小蘋瞪了豪豪一眼，說：「不只小光，我澎湖的外婆家也沒有電腦啊。」

「是喔，那我們要怎麼保持聯絡？總不能一直打電話吧？」小光搔搔頭的問。

小蘋像是想到什麼，興奮的說：「對了，其實我們可以寫『手寫信』來保持聯絡啊。你們兩個說好不好？」

「好啊，好像很好玩的樣子。呵呵。」每天都有練字習慣的小光第一個比出OK手勢，隨即小蘋也跟著比出OK，然後他們一起望向豪豪，等待著他的答案。

科技發達的時代，好像已經很少有人動手寫信了，豪豪雖然覺得有些麻煩，但既然兩位好朋友都比了OK，那麼鐵三角又怎能缺他這一角呢？

「我，當然是OK的囉。」他終於伸出比了OK的手。

「那就這麼說定了喔。」小蘋看見「三OK」手勢再度出現，笑得更開心了：「你們兩個可不能賴皮，到時我寫信給你們，誰要敢不回信的話，就死定了。」

小光搔搔頭呵呵的笑說：「放心啦，我跟豪豪一定會寫信給妳的。豪豪你說是不是？」

「當然囉。」這次豪豪回答得很爽快，畢竟這可是鐵三角的約定呢。

「那你們兩個把地址抄給我，尤其豪豪，你爺爺家的地址，我跟小光都不知道，可別寫錯了。」小蘋從包包裡拿出一隻筆遞給豪豪。

「放心啦，不會弄錯的。」豪豪接過筆後順手拿起速食店的餐墊紙，把爺爺家的地址寫在後面，分別給了小蘋與小光。

交換地址後，三人一如往常那樣聊天，即便是在速食店那樣吵雜的環境裡，他們還是很開心的一直聊到該回家吃晚飯的時刻，才依依不捨的道了再見，並相互祝福彼此暑假快樂。

Chapter 4 努力的宅女堂姊

「爸、媽，我回來了。」豪豪一進家門就大喊。

「回來啦，快進來，媽媽正等你吃飯呢。」從飯廳傳來爸爸的呼喚。

「豪豪先去洗手，洗完趕緊過來吃晚飯。」媽媽的聲音也緊接著傳來。

「知道了。」豪豪三步併兩步跑去浴室洗手，然後來到飯廳。今天這頓晚飯是幫媽媽餞行的家宴，為此連一向要留在公司加班的爸爸也特地提早回家，還請了明天半天假，要送媽媽去機場，再順便送豪豪去鄉下的阿公阿嬤家。

「豪豪，媽媽明天就要去日本出差受訓囉，這段時間你去阿公家要守規矩，要聽話，知道嗎？」吃飯時媽媽不停的夾菜給豪豪，同時不忘再三叮囑他一些事情。

「還有，媽媽不在你身邊，你要多注意身體，要懂得照顧自己。明白嗎？」

「嗯嗯……」豪豪正忙著把媽媽夾給他的菜一口一口送進嘴裡，根本沒法開口說話，只能點頭答應。此時他心裡正盤算著另一件更重要的事情，只是不知道要怎麼跟媽媽開口說才好。

「老婆，豪豪快升六年級，是個大男孩了，妳說的這些他都懂，就別操那麼多心了。」爸爸見媽媽交代個沒完，連忙出聲勸慰。

豪豪嚥下嘴裡的飯菜後便趕緊說道：「媽，妳交代的事情我都記住了，妳就放心去日本，不必擔心我啦。」

爸爸與豪豪所說的話非但沒讓媽媽放心，反倒讓她沒好氣的說：「怎麼，父子倆開始嫌我嘮叨了是嗎？也不想想等我明天去日本之後，看還有誰會像我這樣為你們父子倆做牛做馬服侍你們。」

一見媽媽臉色不佳，爸爸趕緊陪笑說：「不是啦，我跟豪豪怎會嫌妳嘮叨呢？說實話，沒妳時時在旁邊提醒我們這、提醒我們那，可還真不習慣呢。」

爸爸說完以後立刻朝豪豪使個眼色，他立即會意，對媽媽說：「對啊，媽媽，妳要去日本這麼久，我跟爸一定會很想妳的。」

聽兒子這麼說，媽媽的神色總算緩下來：「你們都不知道我有多掛心，要不是這次的機會實在太難得，我還真不放心離開你們父子倆這麼久。唉……」嘆完氣後，她又夾了塊糖醋肉給豪豪，繼續交代：「兒子，暑假作業一定要按時寫，不要拖到快開學了才開始趕。知不知道？」

聽見「暑假作業」這四個字，豪豪靈光一閃，終於想到方才心中所盤算的事情要如何向媽媽開口了。

豪豪怯怯問道：「對了媽，那個……，我有些暑假作業需要電腦上網查詢資料，可不可以讓我把客廳那臺電腦暫時先搬去阿公家？」

豪豪心想這理由再光明正大不過了，想不到媽媽就像看透他心思一般，完全了解兒子心中所打的如意算盤。

「不可以。」媽媽皮笑肉不笑的對豪豪說：「你那小腦袋瓜兒在想什麼，我還不清楚嗎？我看你想搬電腦去阿公家根本不是為了暑假作業，想玩線上遊戲才是真的吧？」

「沒有啦，我……，我是真的因為暑假作業需要查資料，才會想把電腦搬去阿公家用的。」豪豪的辯解愈說愈小聲，聽起來十足心虛。

媽媽見狀，更加肯定自己的猜測，當然不可能答應。她神色一凜便說：「我如果答應，怕你整天只會顧著玩電腦，其他事情都不做了。兒子啊，放完暑假你就升上六年級，到時課業也會愈來愈重。有空還是多複習一下五年級的功課，不然升上六年級課業跟不上的話，那就慘了。知道嗎？」

「可是……」媽媽的話讓豪豪好失望，他之所以期待這個天上掉下來的自由暑假，不就是為了可以盡情倘佯在「騎士大陸」的遊戲世界裡嗎？假如不能帶電腦去阿公家的話，那麼這美夢勢必就要變成泡影了。

礙於媽媽平日的威嚴，豪豪即便想再替自己多爭取一下權益，也不敢再多說。他本來想對媽媽說：「原本不是說好，每天能玩線上遊戲四十分鐘的嗎？如果不能帶電腦去，豈不是連那四十分鐘也沒了？不公平。」

爸爸一旁看出豪豪失望的表情，決定挺身而出幫兒子爭取權益。

爸爸清了清喉嚨，以極度委婉的語氣跟媽媽商量道：「老婆大人，我看這件事情還有待商榷。畢竟豪豪的暑假作業必須用到電腦，妳既然要求他要準時做作業，卻又不准他帶電腦去，這未免有些不盡人情吧？」

聽爸爸這麼一說，豪豪的眼睛又亮了起來，彷彿黑暗之中，又見到一線曙光。媽媽聽完之後認真想了一下，似乎有點被爸爸給說動的樣子。

「還是不行……」最後媽媽仍搖頭說：「如果做作業真有需要上網查資料的話，我記得紫萱房裡不是有臺電腦嗎？豪豪大可去跟她暫借一下不就行了？何必一定要搬家裡的電腦過去。」

紫萱是豪豪的堂姊，她是豪豪的爸爸已過世的大哥所生。

豪豪的大伯父逝世以後，紫萱堂姊仍跟著大伯母一起住在阿公阿嬤家。

「不行耶，老婆。據我所知紫萱近來都在準備考試，要是豪豪常去她房裡打擾的話，恐怕會耽誤到她念書。」爸爸沉吟了一下，對媽媽說。

「是喔？」媽媽一聽倒是好奇了。「紫萱今年不是大學畢業了嗎？難道她不準備找工作，還想繼續念研究所？」

「也不是啦。」爸爸帶著一種心疼與讚賞的口吻回應媽媽道：「說起來紫萱這孩子也真乖巧，聽說為了想要減輕媽媽的負擔，發憤一定要考上公務員，所以近來正沒日沒夜的苦讀，準備公職考試。」

「嗯，的確是個很懂事的好孩子。」媽媽聽了也對這姪女表示讚許，「如果真是這樣，那豪豪還真不能老為了借電腦，去影響人家念書了。」

「是啊，就知道老婆大人最明理了。」爸爸一聽媽媽的語氣有所鬆動，立即接她的話說：「所以我看還是答應豪豪，讓他把客廳那臺電腦先搬去爸、媽家用吧。如何？」

雖然媽媽並沒有馬上答應，但臉上的表情已透露出她正在考慮中。眼見事情有所轉機，豪豪則開始以一種期待的神情緊張的望著她。

最後媽媽終於說道：「那好吧。為了不影響堂姊準備考試，另外看你期末考每科都有九十分的分上，就答應你把電腦搬去阿公阿嬤家用吧。」

「YA！我就知道媽媽最好了。謝謝媽媽，媽媽萬歲！」豪豪聽見媽媽答應，高興得差點兒沒從椅子上跳起來。

興奮之餘，他沒忘記要以眼神向辛苦當說客的爸爸表示感謝，爸爸呢，則很有默契的回他一個「不客氣」的眼神，笑呵呵的看著兒子。

「你可先別高興太早。」看見豪豪興奮成這樣，媽媽不免要多說兩句叮囑他：「答應讓你帶電腦去，是為了讓你做功課用的，所以你也要答應我，除了做功課之外，每天玩電腦遊戲的時間不可以超過之前所約定的四十分鐘。你能做到嗎？」

「遵命。」豪豪樂不可支，自然不管媽媽說什麼都同意，於是他立刻要起寶來向媽媽行了一個舉手禮，表示他一定會做到她的要求。

媽媽見豪豪承諾會遵守約定，總算稍許放心，同時被他耍寶的動作給逗得笑了出來。

那晚豪豪興奮到幾乎沒怎麼睡，平時有賴床習慣的他，第二天根本不用媽媽叫便起了個大早。起床後他迅速梳洗完畢準備去飯廳吃早餐，經過客廳時，他特別看了一眼昨晚爸爸幫他打包裝箱好的電腦，臉上滿是笑意。

「老公，這些碗盤就留給你下班回家洗，我們要快點，不然怕趕不上飛機。」因為媽媽搭的是早班飛機，所以一家人早餐吃得很匆忙。

爸爸開著車，一家三口終於出發了。他得先送媽媽去機場搭機，接著再送豪豪去鄉下阿公家，最後再趕回公司去上班。

車程中媽媽不斷的對豪豪耳提面命，要他注意身體健康、要寫功課、電腦不要玩太久等，豪豪則自然唯唯諾諾，表面上一一答應，其實一顆心早就飛進「騎士大陸」的世界裡了。

豪豪搭爸爸的車，終於來到阿公家門口前的小院子。往年幾乎只有過年的時候，他才會隨爸媽到阿公家住上一兩天，不像這次，將會在這裡過上一整個暑假。因為要久住，所以這回他特別仔細觀察了這幢老房子的外觀，阿公的房子位於鄉間農田旁，是幢獨棟三層樓的透天厝。

一想到兩個月的漫長暑假，將要在阿公家自由自在、無拘無束的馳騁於「騎士大陸」的快樂世界裡，豪豪就覺得眼前這尋常老房子看來，簡直比天堂還要美。

「豪豪，快去按門鈴啊，站在門口發什麼呆？」爸爸抱著裝著電腦的箱子，氣喘吁吁的走過來，卻見豪豪竟望著房子發呆傻笑，忍不住的催促他。

「喔……」恍如夢中初醒的豪豪這才趕忙上前去按了門鈴，並大聲喊道：「阿公、阿嬤，我是豪豪，我來了。」

「豪豪，是豪豪。」屋裡傳來阿嬤興奮的聲音：「老伴，是豪豪來了。」

「是嗎？好，我趕緊開門。」阿公的聲音聽來同阿嬤一樣高興，接著便響起他跑來開門，趿著拖鞋急促的腳步聲。

「阿公，我來了。」阿公才將門一打開，豪豪便很有禮貌的打招呼。

「乖。」阿公摸摸他的頭笑得好不開心。

「哎喲，我的乖孫，你終於來了，阿嬤等你等好久了耶。」正在廚房忙碌的阿嬤，手裡拿著一支鍋鏟迫不及待的來到大門口，想先看看寶貝孫子一眼。

豪豪看見阿嬤，笑說：「阿嬤，我來了。」

阿公對豪豪說：「你都不知道，自從前陣子聽說你要來這邊過暑假開始，你阿嬤就每天念啊念、盼呀盼，盼到今天，終於把她的寶貝金孫給盼來了。呵呵。」

阿嬤啐了一聲，吐槽阿公說：「死老頭，你自己還不是常拿著豪豪的相片在那邊看半天，還敢說我？」

對於阿公阿嬤疼愛自己的一番心意，豪豪十分感動。

爸爸抱著電腦手都痠了，卻見祖孫三人還站在門口兀自說個沒完，便連忙

23

大喊：「爸、媽，先進門再說吧。」

眼裡只見孫子卻完全忽略還有個兒子的兩位老人家，這才看見豪豪的爸爸正吃力的抱著一個大箱子站在門前，早已累得汗如雨下。

於是祖孫三人連忙讓出一條路給爸爸進門，阿公則跟在後面對爸爸說：「這應該是豪豪的電腦吧？看起來很重的樣子，來、來，趕緊搬上去，你媽為豪豪準備的房間在三樓。」

原來爸爸昨天已先打過電話，了解了阿公家的網路配置狀況，所以阿公才知道豪豪會把電腦給帶過來。

三層樓的透天厝，一樓扣去客廳與廚房後只有一個房間，是阿公和阿嬤住的。二樓則有衛浴設備和兩間房，分別是大伯母與大堂姊睡的。三樓同樣有衛浴設備和兩個房間，只是其中一間被用來當作儲物室，剩下的那間正好位於大堂姊房間的正上方，平時當客房使用，這段時間則用來作為豪豪的起居室。

「呼……呼……」平時缺乏運動的爸爸，儘管已累得滿頭大汗氣喘如牛，還是用力的拚一口氣，幫豪豪把電腦給搬上三樓房間。由於待會兒還要趕著上班，所以爸爸進房以後，即刻著手組裝電腦，拉好線路並準備連上網路。

阿公阿嬤不理會正在忙碌的兒子，與寶貝孫子在一旁聊了起來。

「豪豪你看這房間，喜不喜歡？我連床單和棉被都幫你換新的喔。」阿嬤笑問豪豪。

「對啊，你看看有沒有缺什麼？有的話就告訴阿公，阿公立刻去幫你買。」阿公在一旁補充，就怕為孫子準備得不夠周全。

「不用了啦，阿公，謝謝你跟阿嬤為我準備了這麼棒的房間。」豪豪稍微環視一下房間的環境與擺設，阿公阿嬤不僅將房間整理得乾乾淨淨，而且該有的東西一應俱全，看來什麼也不缺。其中最令他滿意的，就是擺在窗戶下方的那張電腦桌。

身為電腦工程師的爸爸將電腦放在阿公早已備妥的電腦桌上，嫻熟的將它組裝好，還連上網路。忙完以後他摸了下桌面，緬懷起過往，便問道：「爸，這不是我念高中使用的那臺電腦桌嗎？你還特意把它給找出來喔？」

阿公笑著點點頭。

阿嬤則在一旁補充道：「你阿爸一聽說豪豪要帶電腦過來，就立刻跑到儲物室裡東搬西找，好不容易才把這臺老桌子給翻出來。」

爸爸聽了之後很不好意思，對阿公說：「謝謝爸，為了豪豪暑假要來，真是辛苦你跟媽了。這段時間豪豪住在這邊，要麻煩爸跟媽多照顧他了。」

阿公聽了只笑笑的揮揮手，沒說什麼。

阿嬤反倒有些不高興，對兒子說道：「豪豪不只是你兒子，也是我孫子啊，有什麼麻不麻煩的？你不知道，平時我要見孫子一面有多不容易啊，這次要不是你老婆出國，哪輪得到我們照顧他。」

阿公深知老伴的個性，要是讓她繼續講下去而不阻止的話，兒子恐怕脫不了身。

「啊，這麼晚了？」阿公假意看了一下手表突然大喊，然後轉頭對爸爸說：「你下午不是還要上班嗎？都這時間了還不出發，不會來不及嗎？」

硬生生打斷阿嬤說話的阿公對爸爸眨了個眼，一切全教豪豪給看在眼裡。他不由得在心裡暗笑，「原來爸爸跟我這麼像，家裡碰到有關阿嬤的麻煩事，同樣是靠阿公來解救。呵呵。」

阿嬤跟阿公結婚好幾十年，阿公這點小伎倆自然瞞不過她。只見阿嬤狠狠的白了阿公一眼後，沒好氣的說：「好啦，不愛聽我念，不念就是了。」接著便對豪豪的爸爸說：「不快走還愣在這邊做什麼，不是趕著要去上班嗎？」

阿嬤這一說，爸爸反倒不敢走人了，這走也不是、留也不是的尷尬處境，令爸爸的臉看起來像是有個大大的「囧」字印在上頭。

豪豪知道此時能救爸爸的只有自己，便趕緊過去拉著阿嬤的手說：「不是啦，阿嬤，爸真的只請半天假送我過

來，下午還要回公司上班。」

果然還是寶貝金孫的話比較管用，豪豪這麼一說，阿嬤的臉色才緩了下來：「放心把豪豪交給我和你爸，你去忙你的吧。」

爸爸有如得到特赦一般鬆了口氣，對豪豪交代一聲：「要聽阿公阿嬤的話。知道嗎？」便跟兩位老人家道別，趕著上班去了。

「豪豪啊，快中午了，你會不會餓啊？阿嬤有準備很多你愛吃的東西喔。你住在阿嬤家這段時間如果想吃什麼，儘管跟阿嬤說喔。」

「阿嬤，我早餐吃得很飽，現在還不餓。」豪豪回答。

「不餓啊？還是說你想去哪走走、逛逛，讓阿公帶你去，等晚點再回來吃午飯。好不好？」阿嬤又問。

「是啊，豪豪，這幾天如果你想去哪玩，阿公都可以帶你去。」阿公也在一旁說道。

無論美食或者出去玩，都引不起豪豪的興趣。已兩個多星期沒上線進入「騎士大陸」世界裡的他，一心只想要趕緊去看看那個在遊戲中的「自己」，不知在小業的幫忙照顧之下，現在的情況到底如何。

於是他委婉的跟阿公、阿嬤說：「這幾天我想先寫暑假作業，哪也不想去耶。因為……我是想說先把功課做一做，這樣才能放心出去玩。」

阿公聽了之後大表讚許，還對阿嬤說：「豪豪真乖，不愧是林家的子孫，跟他爸小時候一樣，那麼用功。老伴，我們還是先下去，讓豪豪專心寫功課吧。」說完之後阿公率先轉身離開，下樓去了。

阿嬤笑嘻嘻的稱讚豪豪幾句，便跟在阿公身後準備離開。走到門口時她想起了一件事，便回頭叮囑豪豪說：「你堂姊最近要準備考試，她的房間就在你的房間下面，你平時盡可能動作、聲音小一點，不要吵到她喔。」

「好，我知道。」豪豪隨口答應，此刻的他一心只想趕緊打開電腦，進入「騎士大陸」，卻搭著阿嬤的話，不小心順口多說了句：「堂姊今年大學才剛畢業，就馬上要參加公務人員考試，我爸媽都稱讚她很努力耶。」

「說到你那堂姊喔，還真讓我操煩……」

萬萬想不到這一說，又引來阿嬤一番長篇大論。這真讓豪豪後悔莫及，心中不免不耐煩的大喊：「吼，麥擱貢啊啦！」

阿嬤說得正起勁，沒人攔著，哪可能停得下來呢？

豪豪與紫萱堂姊向來不是很熟，他們只在每年過年回阿公家吃年夜飯時才能碰得上面，之前都是父母偶爾閒聊提及，他才從中大略知道她的身世。

豪豪印象中的堂姊，除了因大伯父早逝而成為單親小孩，並和大伯母相依為命住在阿公家外，似乎是個沉默

寡言所謂的「宅女」。

阿嬤一長串的叨叨絮絮雖頗令人不耐，他卻因此才對紫萱堂姊有了更進一步的了解。可能是大伯父死得早，加上大伯母需要忙著工作賺錢養家，很少有時間能陪伴她，才會讓她成了一個孤僻宅女。

阿嬤說紫萱堂姊成天只關在房裡玩電腦，無論誰跟她說話，她都一副愛理不理、死氣沉沉的樣子，有時看了還真

令人生氣。

聽阿嬤說到這裡，豪豪心裡不禁浮起一個人，心想：「堂姊這一點，和省話一哥小業還真有點像呢。」

所幸紫萱堂姊成績不算太差，高中畢業後考上一所還不錯的私立大學。不過大伯母畢竟只是個打零工維生的女工，而阿公務農收入也不高，幫不上什麼大忙，所以為了負擔堂姊的學費及住宿生活費，大伯母便只能更加辛苦工作了。

阿嬤跟豪豪提及大伯母為了撫養堂姊的種種艱辛，想不到聊著聊著，她卻突然嘆了口長長的氣，難過道：「唉，前陣子，就是你堂姊大學剛畢業那時候，你大伯母竟被醫生檢查出得了癌症。」

「啊！」豪豪一聽嚇了一跳，關心問道：「伯母得了癌症，很嚴重嗎？」

「醫生說是擴散了，情況不太好。」阿嬤搖搖頭，神情看來相當凝重。

「那大伯母現在人呢？堂姊一定很難過吧？這件事情我爸媽知道嗎？他們怎麼從來沒跟我提起過啊？」豪豪聽聞大伯母病重，心情頗為沉重，因此接連問了阿嬤好幾個問題，雖然他和大伯母同樣鮮少見面。

「你還是個孩子，你爸媽怎會跟你說這些呢？說起你那伯母啊，這陣子剛從醫院裡出來，才好一點而已，又急著出去找事做了，我說也說不聽，真是。」阿嬤說到這裡突然打住，她想起豪豪只是個小學生，實在沒必要知道這令人難過又沉重的事情，便不再多說，轉而笑說：「阿嬤真是老胡塗，愈老愈碎嘴，跟你愈扯愈遠了。總之你堂姊最近準備考試，平時盡量小聲點，不要去吵到她就對了。」

「堂姊會這麼努力準備考公職，跟大伯母生病有關嗎？」這次豪豪是出自真心關心起大伯母和堂姊，不再像剛才只是隨口問問。

本來就喜歡聊天的阿嬤禁不住豪豪這一問，立刻忘了自己本來不再多說的初衷，滔滔不絕又說了起來：「這次你大伯母生這病，你堂姊總算比較懂事，也比較會想了……」

阿嬤說大伯母正和癌症病魔纏鬥，不過她很擔心自己最終仍逃不過死神的召喚，所以才會再三叮囑紫萱堂姊一定要考上公務員，好讓她死前看見唯一的女兒，日後能有個安定的生活保障，這樣她才能放心離開，算是人生的最後一點心願。堂姊正是為了要讓病重的母親能安心養病，因此才那麼用功努力的準備公職考試。

說到最後，阿嬤做了個拜拜的手勢向上蒼祈求：「菩薩保佑，希望你堂姊這次能順利考上公務員，這樣你大伯母才能安心養病，快點好起來。」

豪豪也跟著阿嬤向上天拜了幾拜，好為伯母和堂姊祈福。之後他對阿嬤保證：「我一定會把動作放輕，絕不吵到堂姊念書，阿嬤放心好了。」

阿嬤大讚他好乖好懂事之後，又叨叨絮絮說了幾句，不斷叮嚀他功課做完以後要記得下樓吃飯等瑣事，最後才終於離開了他的房間。

儘管豪豪對伯母生病這件事情感到十分難過，但這畢竟不是他能夠解決與分擔的，所以只能暫時先把這件事情擱在一旁。何況現在對他而言，還有一件更重要的事情正在等著他。

阿嬤一走，豪豪便大喊了一聲「YA」，喊完以後他立即想到堂姊正在樓下念書，隨即警覺的摀住自己的嘴，在喇叭音箱上插入耳機線後，才輕手輕腳的將電腦打開。

他心中正忍不住的大聲吶喊：「『騎士大陸』，我來囉！」

Chapter 5

功力大增掃群魔

電腦開啟後，豪豪帶著既興奮又不安的心情鍵入自己的遊戲帳號與密碼，心想：「這麼久沒上線，不知道小業有沒有好好幫我練功？」。

等他欣賞完睽違已久的片頭動畫，才一進遊戲便立即嚇了一跳。「哇塞，真不愧是小業，果然很行啊。」不過才短短兩個星期，他發現自己在遊戲中的身分不僅已升至「二星正騎士」，就連身上的武器與裝備也多升了好幾級呢。這一切成長，自然皆得歸功於這兩星期以來努力幫他練功的小業囉。

豪豪正在心中默默表達感謝時，小業發現他已經上線，便直接在線上打了聲招呼：「來了？」

「謝謝你，小業。」豪豪先對小業表達謝意，接著便在遊戲裡的玩家對話框中聊了起來：「這段時間麻煩你了，之後我一定會靠自己的努力，繼續升級。」

「嗯嗯，加油。」小業打字速度超快，對話框中立即傳來一個邀請：「今晚七點有騎士團任務，來不？」

「OK。」豪豪立刻回覆。真是太好了，想不到得到自由的第一天，就碰上虎團長要帶領騎士團出任務。「打哪？」豪豪急忙的問。

「侯妖。」小業回答。

「啊，猴妖？真是太棒了。」雖然小業又打錯字，但豪豪早已見怪不怪，他興奮的問：「寶物多嗎？」

「嗯。」小業給了一個很酷、很短的答案。

「我準時參加。」豪豪興奮的輸入這幾個字。

「好，88。」小業可能還有別的事要忙，所以道完再見後一下子就離線。

「太棒了，今天肯定能拿到許多寶物，經驗值也一定會大大提升。」豪豪為了生平第一次參與騎士團的任務而興奮不已，不過現在距離七點鐘還很早，所以他決定先努力練功。

對他而言，這真是一種前所未有的感覺，簡直只有一個「爽」字足以形容。桌上少了個「滴滴答答」不斷提醒「40分鐘快到了」的吵人鬧鐘之後，讓他打起怪來簡直如有神助，各式各樣神魔鬼怪都被他的「二星正騎士」給一一消滅。

不知不覺中，豪豪待在虛擬的「騎士大陸」世界裡已快三個小時，果然時間就是功力，還真不是蓋的，才密集練了三小時的功，他就解了好幾個大小任務，經驗值瞬間暴增。

「可惡的殭屍大軍，看我怎麼對付你們。看劍！」豪豪想起之前差點被殭屍頭目給打掛，決意復仇，所以就接了挑戰殭屍兵團的任務。

這款「騎士大陸」遊戲之所以會讓豪豪如此著迷，除了因為遊戲內容豐富、變化性高、非常耐玩，以及動畫特效精采之外，不得不提的就是遊戲時氣勢驚人的磅礡配樂，真可說是線上遊戲中的「神作」。

此時電腦螢幕上不僅刀光縱橫、劍影四射，當豪豪遊戲中的那個虛擬騎士騎著高大駿馬，疾如風似的衝入被殭屍兵團占領的小城鎮中，四下揮舞手中長劍砍殺殭屍時，他從耳機就能聽見慷慨激昂的悲壯樂曲以及大小殭屍們臨死前的吱吱慘叫。沒多久後，殭屍嘍囉們便已被他砍殺殆盡，只剩一個頭目還在負

隅頑抗，不過是徒勞無功，在做垂死前的掙扎罷了。

「像你這種肉腳，來十個我殺十個，再多也不夠我殺。哈哈！」看著以前原本打不贏的妖怪現在只能任憑自己宰殺，就有股成就感在豪豪心中油然而生，他自覺現在功力大增，相信只要再多練幾天功，不受每天只玩40分鐘的限制，那麼他稱霸「騎士大陸」的那天將會很快到來。

「咦，那是什麼？難不成是……」就在他揮出最後一劍，看著殭屍頭目碎成千萬碎片灰飛煙滅之時，赫然發現地上多了件東西。這時他想起小業以前曾跟他提過，有時殺掉一些魔怪之後可拾獲他們遺留下來的寶物，只不過這種機遇很少。

「難不成運氣真這麼好，被我撿到了？」豪豪操縱著騎士，走過去把殭屍頭目遺留在地上的東西給撿起來，此時耳機乍然傳出一小段歡欣熱烈的慶賀樂曲，同時遊戲畫面中還跳出一個小視窗，上面寫著「恭喜您得到殭屍兵團的『魚腸劍』」。

其中「魚腸劍」三個字還特別以紫色字體呈現，這代表它是一把非常高級的「紫色武器」。原來遊戲中騎士所使用的武器是有等級的，這把紫色魚腸劍比起豪豪目前所使用的綠色武器，可還要高上好幾個等級呢！

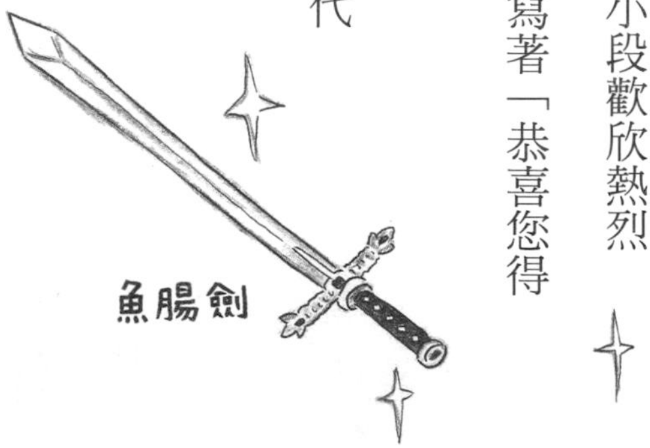

「魚腸劍，是一把紫色魚腸劍耶！」有了這神兵利器之後，豪豪日後對付一些難纏的妖魔鬼怪將更稱心如意，難怪他會忍不住從椅子上跳起來大聲歡呼。

大聲歡呼的同時，豪豪竟忘了紫萱堂姊還在樓下念書。更慘的是，當他從椅子上跳起來時，還不小心將接在喇叭音箱上的那條耳機線給扯了下來，頓時整個房間爆出震耳欲聾的遊戲音樂。

「完蛋了！」滿屋子的電玩音樂使豪豪慌了手腳，這下子不僅吵到樓下的堂姊，恐怕連遠在一樓的阿公阿嬤也會聽見吧。

「怎麼辦，怎麼辦？」心慌意亂的豪豪一時沒想到只要關掉喇叭開關就好了，反倒急著想把耳機線那頭的AV端給插回喇叭上。情急之下，不僅沒能將耳機線給插回去，反將喇叭給推倒，於是兩個喇叭音箱便「砰」一聲摔在地上，發出「乒乒乓乓」的巨響。

紫萱堂姊的房間就在他房間的正下方，這一連串的噪音免不了要驚動正在努力K書的堂姊，等他一陣手忙腳亂消滅所有聲音以後，立刻心虛的用眼睛餘光一瞧，果然見到堂姊早已站在他的房門口。

只見堂姊兩眼浮腫，黑眼圈好深好深，她注視著尚未完全恢復鎮靜的小堂弟，臉上的神色有些陰晴不定。

「姊……，妳好，好久不見。」紫萱堂姊畢竟是大人，雖說豪豪與她是平輩，不過仍有所畏懼，深怕會因方才的事情惹她一頓生氣而被臭罵。

幸好堂姊看起來好像沒有很生氣的樣子，她只是向電腦桌的方向看了一眼，然後淡淡問道：「你在拆房子嗎？」

「那個……我剛才不小心……」豪豪結結巴巴的向堂姊解釋，並誠心誠意的道歉：「姊，對不起，吵到妳念書。我保證以後一定會小心，絕不會再吵到妳。」

「嗯。」堂姊點點頭，並無責備，只道：「還好這時間阿公阿嬤都不在，下次小心點。」

豪豪趕忙堆上一臉歉意的說：「我知道了。」

堂姊微微頷首後準備離去。

豪豪以為這個小意外就此結束。

料想不到此時堂姊忽然一個回頭，瞥了電腦螢幕中的遊戲畫面一眼，然後冷冷的說：「我勸你線上遊戲還是少玩一點，以後你會發現那一切都是假的，有空還不如多念念書、寫寫字吧。」

「啊？」豪豪心中覺得紫萱堂姊與小業一樣，都是屬於話不多、看起來酷酷的那一類型的人，所以她突如其來的一串忠告倒是讓他愣了一下，一時不知該如何接話。

堂姊似乎沒等他回話，轉身就離開。

「呼……」堂姊一走，豪豪鬆了口氣，立刻又坐回電腦螢幕前，急著想試試新得到的寶劍到底有多強大的威力。

豪豪很快的又全心全意投入「騎士大陸」的世界裡，至於堂姊方才的那番忠告，自然被他給徹底拋到九霄雲外去了。

夏季晝長，雖然時間已接近下午五點鐘，但豪豪那間採光相當良好的房間仍是一室光亮，何況他玩線上遊戲已玩到渾然忘我的境界，根本沒注意到時間的流逝。

這時樓下傳來一陣「隆隆」的引擎聲，那是去田裡巡視的阿公騎著老爺摩托車回來了，後面還載著講話聲音分貝數很高的阿嬤。

「自己搭公車回來就好，還打手機叫我去載妳，囉唆。」

阿公的抱怨雖然很小聲，還是被阿嬤給聽見了。

阿嬤不甘心被念，大聲說道：「你沒看見我去菜市場買這麼多東西，提得大包小包喔？這些都是要買給你金孫吃的耶，只不過叫你繞到市場載我一下而已就一路碎碎念，念個不停，嘴巴不會痠嗎？」

「……」每當阿嬤一開砲，與她結婚多年的阿公就會自動噤口，因為他深知老伴的個性，只要一回嘴，肯定會被她罵個沒完沒了。

雖然阿公已經悶不作聲，低頭默默往屋裡走，但開了砲的阿嬤一時三刻可是停不下來的，她繼續拉開嗓門，跟在阿公身後大聲數落：「不講話？你以為不講話就

沒事了喔？不是我愛說，你這個人喔，實在懶得要命，除了下田之外，其他什麼事情你都嫌煩。喂……，怎麼只顧著一直走，不會來幫我提一下東西喔，你這人真是的……」

深怕阿嬤會一直嘮叨下去，阿公連忙一個轉身，接過她手裡的東西，低聲說道：「妳卡小聲點，萱萱跟豪豪還在念書、做功課，不要吵到他們。」

被阿公一提醒，阿嬤這才住了嘴，四周總算恢復了鄉間平時應有的寧靜。照理說，經過阿嬤這麼高分貝的吵嚷，不要說是三樓，就算五樓也該聽得見了，可是戴著耳機正沉溺於遊戲中的豪豪卻渾然未覺，除了遊戲的背景音樂外，他什麼聲音也聽不見。

阿嬤一進屋，就指揮著阿公幫她把菜給拿進廚房，然後開始手腳俐落的準備起今天的晚餐。畢竟這是她寶貝金孫頭一回要來住上那麼久的時間，今晚又是第一天的第一頓晚餐，所以阿嬤卯足了全力準備，幾乎是以等同年夜飯的規格來看待。

正當阿嬤一面煎魚一面快炒青菜，忙得不亦樂乎時，從她身後傳來一個女人嘶啞的聲音問：「媽，需不需要我幫忙？」

「免！妳趕緊去休息，都跟妳說了，身體還沒全好，就不要急著出去做事，妳就是講不聽。」阿嬤頭也沒回，就知道是自己的長媳回來了。

「那麼，媽，我去躺一下。」得了癌症的大伯母經過一天的辛苦工作，聲音聽來已十分疲憊。

「好好，快去休息一下，晚點我再讓萱萱去叫妳吃飯。」阿嬤說話的同時，已將炒好的青菜順手撈起盛於盤中。

而房裡，仍沉迷於遊戲之中的豪豪正碰到一點小麻煩，他仗著手裡才剛拿到一把威力強大的紫色魚腸劍，竟冒險去接了一個大型任務。這個任務的內容是乘船到騎士大陸旁的小島尋找一批傳說中的寶藏，沒料到他才一上島，就發現有非常多的精怪在保護著寶藏，如樹精、花精、青蛙精等等。這些精怪的功力雖不強，一一死於他的寶劍之下，但死了一隻便又馬上遞補上一隻，不僅搞得他疲於奔命，解任務的時間更因此而拉長，並且還消耗掉他不少氣血。

「糟糕，身上的補血丹快不夠了，怎麼辦？」他這才發現之前小業幫他練功時用掉太多補血丹，心中大喊糟糕。

才剛打死一隻青蛙精，馬上又跑出一條蛇精。豪豪因為擔心自己的血量即將用盡而緊張得直冒汗，耳機溼黏黏的貼於耳朵上很不舒服，便索性將耳機拿下來。此時，他聽見樓下傳來大嗓門的阿嬤正喚道：「萱啊，到妳媽房裡去叫她下來吃飯囉。」

「喔，好。」

聽見二樓堂姊的回應，豪豪知道接下來阿嬤就會上三樓叫自己下去吃晚飯。

「快，快……」隨著阿嬤上樓的腳步聲步步逼近，豪豪拚命敲打鍵盤，努力操縱著騎士揮劍。幸好，還來得及時處理掉那條蛇精。

殺死蛇精後，他隨即先找個島上的小洞穴躲起來，並趕緊關閉電腦螢幕。

「呼……好險。阿嬤他們都回來了，我居然沒聽見？早知道就不接這個麻煩的任務了。」豪豪怕被阿嬤發現自己在玩線上遊戲，沒在寫功課，萬一被阿嬤知道以後，傳到媽媽耳裡，那可就慘了。他裝模作樣的將桌上的數學習作給攤開來，假裝自己正用功的演算數學習題，心中則默念著：「五、四、三、二、一。」

「豪豪這麼乖，還在做功課啊？可以吃飯了喔，阿嬤今天特別做了很多你愛吃的菜呢。」果然，阿嬤的聲音如他所預期，五秒鐘後在自己的耳邊響起。

「喔，謝謝阿嬤。」坐在椅子上的豪豪回頭給阿嬤一個可愛的微笑說：「我想先把這幾題數學算完再下去吃飯，好不容易才想到要怎麼算，怕等一下又忘了。」

「這樣喔，那要算多久？」阿嬤問。

「很快，十五分鐘吧。」豪豪略想了一下說。

「那好，別算太久喔，你還在發育，可不能餓肚子。」阿嬤關心的摸著孫子的頭。

「我知道，我一算完馬上就下去吃飯。」

聽見孫子這麼說，阿嬤點頭，一個轉身正要下樓，嘴裡喃喃地叨念著：

「想到要怎麼算，怎麼還會忘記呢？這個憨孫，年紀還小，記性就跟我這老人家一樣不太靈光，明天該去買付豬腦回來給他補補腦了。」

望著阿嬤離去的背影，豪豪十分抱歉的在心裡喃喃自語：「對不起，阿嬤，對妳撒謊了。」

時間並不允許豪豪愧疚太久，因為洞穴的保護時限只有五分鐘，何況洞穴裡或許還躲著敵人也說不定。

果不其然，當他再度把電腦螢幕打開時，發現遊戲中自己的那個騎士，身邊已被好幾隻蝙蝠精包圍了起來。每隻蝙蝠精都面露猙獰，正虎視眈眈的望著闖進洞穴裡的人類騎士，牠們正等著保護時限一過，便要發動攻擊。

「完蛋了！身上的血不知道還夠不夠打完這幾隻精怪？」豪豪心慌極了，本來只要游標一按遊戲裡的商店，就能買到補血丹，偏偏他之前儲值的天幣早已用完，無錢可買。

「不管了，只好拚一下。」保護時間一到他別無選擇，只能和那幾隻蝙蝠精打起來，這一打過了十五分鐘，而他的氣血也幾乎見底。

「豪豪，你功課做完沒，趕緊下來吃飯囉。」偏偏阿嬤的腳步聲跟關心的探詢又從二樓傳上來。

「喔，阿嬤，我快算完了啦，再等我一下下。」豪豪只得趕緊再將電腦螢幕關掉，又扯了一次謊。

聽見豪豪的回答，阿嬤停下上樓的腳步，對他道：「那你動作快一點，不然飯菜都要涼了。」

「好，我知道。」豪豪豎起耳朵仔細的聽著，直到聽見阿嬤的腳步聲又往樓下走去時，才又將電腦螢幕打開。

他看著螢幕中還困在洞穴裡的騎士苦惱不已，此時就算他想放棄任務離開小島，也難保不會在回程的路上遇見精怪，要是真給碰上的話，那可就死定了。

「小業，你在嗎？」萬不得已的情形下，他只好向小業求救。

「？」小業傳來回應。

「我困在島上，能不能來救我？」

等了好一會兒，依然沒收到小業的訊息。他心慌焦急之下又想，阿嬤等不到他下樓吃飯，一定會再上樓查看的。

「怎麼辦？」一時之間他竟不知該如何是好。

Chapter 6 神祕的巫仙

「豪豪，還沒寫完嗎？」阿嬤見豪豪遲遲未下樓，果然又上來催了。

「喔，我快好了。」豪豪緊張的先關掉螢幕，假裝正在做功課。

「怎麼這麼久，不會寫嗎？要不要先下樓吃飯，等一下再叫你姊教你？」

阿嬤走進房裡盯著他的數學習作詢問。

「不……不用麻煩姊啦，我自己會寫，只是有一點點難，我算得比較慢而已。」豪豪有苦難言，他沒法子離開房間的原因不是功課，而是被卡在遊戲中。

「這樣啊，你到底還要多久才能寫完？不能先休息一下嗎？飯菜都快涼了。」對阿嬤而言，最要緊的不是這些她完全看不懂的數學習題，而是希望金孫能吃到自己親手做的熱騰騰的飯菜。

「再十分鐘，阿嬤，真的，再給我十分鐘，我就可以下去吃飯了。」其實豪豪自己也不太肯定十分鐘就能結束遊戲，所以愈說愈心虛。

「好吧，就十分鐘，十分鐘後不管寫好了沒，都要先下樓吃飯。知道嗎？」阿嬤非常認真的叮囑。

「好，我知道。阿嬤，妳跟爺爺、伯母先吃吧，不用等我。」豪豪真的很怕十分鐘後依然脫不了身。

阿嬤卻掩嘴笑道：「不行，今天我準備這麼多好料的，攏嘛是為了我的金孫，我才不准其他人先動筷子呢。」

說。

「喔……」阿嬤這一說，豪豪更是心虛，只能勉強擠出一絲笑容回應。

「總之你十分鐘後就下樓吃飯，不要再拖了。」阿嬤臨下樓前認真的對他說。

豪豪明白，這最後的十分鐘，將是他的騎士會不會被送進「還生洞」的關鍵時刻。

「拜託，小業，求求你快點出現吧。」豪豪打開電腦螢幕，心中默默的祈禱。

幸好，小業並沒有讓他失望，等豪豪再度打開電腦螢幕時，看見一個騎士披著黃金盔甲，手持金蟒劍，威風凜凜的騎在一隻大花豹上，站在他身邊。原來沒多久時間，小業就從「鷹騎士」又升級到了「豹騎士」。

不僅如此，對話框早已傳來許多小業不耐煩的訊息。

「？？？」先是一大堆問號。

「不是要我救？」

「人呢？」

「凡（煩）！在（再）不出現我要走了。」

「我來了！」一看見小業的訊息，豪豪便趕緊回覆他：「對不起，剛才我阿嬤在跟我說話，所以沒注意到你來了。」

回完以後，他緊張的盯著對話框，深怕小業一生氣便不想救他，逕自離開這充滿精怪的小島。

「走。」幾秒鐘之後小業傳來訊息，豪豪因而鬆了口氣。

小業升級為「豹騎士」後的功力果然不同凡響，那些各式各樣奇奇怪怪的精怪完全不是他的對手，他保護著豪豪一路摧枯拉朽、過關斬將，殺得那些精怪屁滾尿流，才不過五分鐘，便將豪豪帶離了小島。

「謝囉。」順利脫困以後，立即向小業致謝。

「任務別亂接，笑死人，自不亮（量）力。」想不到小業竟回傳這樣的訊息。

又來了。豪豪最討厭的就是這種感覺。每次小業幫他之後，總不忘要虧他一番、酸他一下，好似非得這樣才能顯現他有多威風厲害，這讓豪豪有種備受輕視之感。

豪豪心裡默默立誓：「你等著瞧好了，趁這個暑假，我一定會練得比你更強，比你更早一步升上龍騎士。哼，到時再看是誰救誰！」

他想到與阿嬤約定的十分鐘快到了，於是留下一句：「先去吃飯，88。」就趕著下樓吃飯去了。

豪豪一進飯廳，發現大家都在等他，連生了病的大伯母也是。「不好意思，讓大家等我。」他一方面感到抱歉，一方面也擔心堂姊會戳破他欺騙阿嬤「拚功課」的謊言，順便說出他整個下午其實都在玩線上遊戲。

幸好堂姊只靜靜的坐在一旁，一句話也沒有說。

「現在的小孩真可憐，放暑假了還有那麼多功課要寫。」阿嬤見豪豪一臉尷尬，馬上替他解圍，連忙說道：「來、來，快坐過來阿嬤旁邊吃飯了。」「豪豪來了，大家開動吧。」阿公一聲令下，大家才紛紛拿起碗筷，開始吃飯。

吃飯時，阿嬤拚命夾菜給豪豪，要他多吃點，他卻一直偷瞄牆上的鐘。這時已經晚上六點半了，他可不想錯過今晚七點鐘第一次與騎士團出任務的時間。

他匆匆扒完一碗飯，努力把阿嬤夾給他的菜都吃完，不顧阿公阿嬤招呼他吃水果，就藉口趕功課，遁回房中。一進房他馬上登入遊戲系統，進入「騎士大陸」的世界裡，跟著虎團長打猴妖去了。這一晚他毫無顧忌的一直玩到凌晨三點，殺死無數妖魔，得到許多虛擬寶物和經驗值，功力大增。

連續幾天下來，豪豪一直沉溺於線上遊戲，他知道只要把吃飯時間給空下來，應該就沒什麼大問題。阿公阿嬤一直誤以為豪豪真的很用功，不僅沒多問，還對打電話前來關心的爸媽表示一切都好，請他們放心。

這下子豪豪更是每天肆無忌憚的玩著線上遊戲，雖然他整天都掛在網上練功，升級的速度比之前時間受限時要快上許多，但小業也同樣不斷在晉級當中。

「這樣子，我永遠也追不上小業。」豪豪心想。

這天他做了個決定，打算把暑期之前爸媽給的兩千塊零用錢，全拿去買遊戲點數兌換成天幣，這樣就能買到更多虛擬寶物、裝備以及補血丹，讓自己升級的速度更快，唯有如此，才能迎頭趕上小業。

第二天，豪豪去便利商店買完遊戲點數回阿公家時，恰巧在門口遇見一位郵差叔叔。那郵差叫住他：「小朋友，你住在這邊嗎？」

「嗯。」他對著郵差點點頭。

「那你一定是林紫豪小弟弟囉。」郵差笑說。

「叔叔怎麼會知道？」豪豪感到詫異，難道自己紅到連郵差也認識？

「鄉下地方，大致上彼此都是認識的，以前我沒見過你，也沒送過信給林紫豪，你最近才來這裡，自然能猜到你就是林紫豪囉。」

「原來是這樣啊。」經過郵差叔叔的解釋後，豪豪點了點頭。

「你姓林，所以應該是林爺爺和林奶奶的孫子沒錯吧？喏，給你。」郵差叔叔這回又猜中了，他邊說邊將手裡的兩封信遞給豪豪。

「謝謝叔叔。」豪豪接過信時，沒忘記要禮貌的向辛苦的郵差叔叔道謝。

「呵呵，好有禮貌的小朋友喔，不客氣喔。」郵差叔叔笑對豪豪比了個OK手勢後，便又騎著他的腳踏車繼續送信去了。

一見到郵差叔叔的手勢，豪豪不由得想起他們鐵三角的「三OK」手勢。算一算，來阿公家住也有十來天了，這段時間都沒跟小光、小蘋見面，心中難免升起一股思念之情。

「咦，小光和小蘋寫信給我了耶。」豪豪進屋前瞥了一眼手裡的信，叫了出來。

這段時間他沉迷於線上遊戲，差點忘了和兩位好友暑期通信的約定，一接到信，他還直覺以為這可能是爸爸或媽媽寫給他的信。

錯不了，不必細看寄件人是誰，豪豪就認出兩位好友的字跡來。字體端麗娟秀的那封是小蘋所寫，而豪邁大氣的則是小光寫的。沒想到一下子同時接到兩位好友的來信，高興的立刻飛奔進屋，「登登登」一口氣就爬上三樓。

回房後第一件事情仍是先將電腦打開，然後才拆閱兩位好友的來信。邊讀信的同時，他還不忘邊以帳號密碼登入「騎士大陸」，準備待會兒要將方才去便利商店買回來的遊戲點數儲值進去。

小光的信寫得並不長，內容也乏善可陳，多半是交代自己這段時間生活上的一些瑣事，並詢問豪豪的近況。但令人佩服的是他通篇皆以鋼筆寫成，字跡豪邁之餘又不失工整，讓人讀來感到非常賞心悅目。

至於小蘋的信則是遠從澎湖寄來，信中提及澎湖的外公是打魚維生，因為沒有子孫輩同住，加上老人家不懂電腦，所以家中自然沒有電腦和網路，看來這整個暑假，她將生活在沒有電腦的世界裡。此外，小蘋在信中還很生動的描繪了澎湖的山光水色、自然美景以及一些特殊的風土人情等，並與豪豪分享自己去參觀綠蠵龜保育中心的見聞及感想。

信的最後一段，小蘋用娟秀的字跡這麼寫著：「豪豪，你知道嗎？那天當我看見一隻隻復育成功的小小綠蠵龜，從沙灘上拚了命的往海中爬去，去尋找自己生命的出處時，心中那份感動真不是筆墨所能形容，好希望你和小光也能來澎湖，親眼見證那種屬於生命的感動。同時期待能很快的收到你和小光的回信，好讓我知道你們的近況，因為我真的很想念你們。」

「小蘋的信寫得真好，看完之後我覺得自己好像已經到過澎湖，還看見她描述的那些地方。」讀完信後，豪豪心中這麼想。

當下他本來想立刻提筆回信給小光與小蘋，告訴他們自己最近在「騎士大陸」的世界裡大有斬獲，只要再解幾個任務，就能脫離一般騎士的身分，升級成為「狼騎士」。

「可是小光和小蘋又沒在玩這款遊戲，說這個他們會有興趣嗎？」豪豪想了想，對自己說：「算了，還是等升上狼騎士以後，再想想要怎麼回信給他們吧。」

更何況他還急著要去儲值獲取天幣，好去虛擬商店購買更多更好的虛擬寶物與裝備，緊接著再去接幾個更大更艱難的任務，獲取更多經驗值，如此一來，很有可能今晚就能升級成為「狼騎士」。

這天晚上，豪豪依照原先的計畫進行，在「騎士大陸」的世界裡奮鬥不懈，直到凌晨四點鐘，終於如他所願的升上「狼騎士」。要不是顧忌著會吵到樓下的家人，他還真想大叫大跳一番，來表達自己的興奮之情。

現在的他，滿腦子想的都是如何在虛擬世界中才能更上層樓，盡快朝下一個升級目標「鷹騎士」邁進。至於下午接到小光與小蘋來信的事，根本被他忘得一乾二淨了。

又過了許多天，豪豪總算升上「鷹騎士」，但此時小業卻更上層樓，升格成為一個威風的初級「虎騎士」。雖說表面上小業只贏他三級，但隨著等級愈高，每升上一級就愈加不易，相對所需的資源就愈多。

這天下午，豪豪在解一個艱難任務時又遭逢險境，差一點就命喪在敵人的攻勢下，不過由於他不想再請小業幫忙以免遭到恥笑，所以還是咬牙硬把任務給解完，過程可謂九死一生。

「以我現在這麼爛的裝備，根本不可能再接更高級的任務，而且補血丹也吃光了。怎麼辦？」解完任務後，豪豪陷入苦惱當中。

「豪豪，怎麼光吃白飯都不夾菜呢？豪豪、豪豪？」

晚上吃飯時，他顯得有些心不在焉，滿腦子想的都是如何才能突破遊戲中的困境，所以阿嬤接連喊了好幾聲，他才聽見。

「喔，好。」豪豪伸出筷子夾起青菜往嘴裡送，一咀嚼，才發現送到自己嘴裡的不是青菜，而是用來提味的蒜頭。他向來不是很喜歡蒜頭的味道，便忍不住吐了出來。

「你這孩子怎麼了？一副恍神的樣子，是不是生病啦？」看見豪豪失神的模樣，阿嬤忍不住擔心起來，還用手探了探他額頭的溫度。

大伯母見狀也關心問道：「豪豪，身體很重要，如果有什麼不舒服的地方，要趕緊跟我們說。知道嗎？」

豪豪連忙搖頭說：「喔，沒有啦，我很好，沒什麼不舒服。」

「那怎麼整晚一直恍神，胃口看起來也不太好的樣子？」阿嬤一臉憂心忡忡。

阿公也跟著說了：「還是你有什麼心事？如果有心事的話，可以跟阿公說喔。」

「沒有啦，哪有什麼心事……」豪豪停頓了一下，心裡閃過一個念頭，便隨口說：「只是暑假作業有規定要畫一幅水彩畫，但我忘了帶水彩過來，不知道該怎麼辦。」

話一出口，他自己也嚇了一跳，其實他是有帶水彩過來的，只不過放在行李箱中尚未拿出來。他居然當著大家的面，對阿公撒了個不折不扣的謊言。

「喔，原來是忘了帶水彩啊，這簡單，明天阿公出去的時候幫你買回來就好啦。呵呵。」阿公笑說。

阿嬤聽了之後，拍拍胸口笑道：「害我擔心老半天，為了這麼點小事就恍神，還真是個憨孫。」

「那個……阿公，」雖然因內心不安而略為遲疑一下，不過最後他還是選擇繼續撒謊：「不用麻煩了啦，你又不清楚我用的是哪種水彩，不如給我錢，我自己去買吧。」

「也對，阿公這輩子只會種田，哪懂什麼水彩，要是買錯可麻煩了。」對於孫子的謊言，老人家非但沒有一點懷疑，還立刻從口袋裡掏出鈔票說：「這五百塊錢給你買水彩，夠不夠？」

「謝謝阿公。」豪豪連忙以雙手恭敬接下那張紙鈔，嘴裡連連說道：「夠了夠了，如果有找錢的話，我再拿回來給阿公。」

阿公一聽，呵呵笑說：「真是又乖又古意，不愧是阿公的乖孫。這樣好了，如果買水彩的錢有剩的話，就當是阿公給你的零用錢好了。哈哈。」

「謝……謝阿公。」阿公的一番話，真令豪豪羞愧萬分。作賊心虛的他忍不住偷偷瞄了每個人的神色，深怕自己的謊話會被察覺甚至拆穿。幸好，大夥兒還是面色如常的繼續用餐，似乎沒有發現他撒了個漫天大謊。

吃完飯後，豪豪向阿公阿嬤說了一聲，便獨自出門「買水彩」去了。從阿公家要到最近那條有開文具店和便利商店的小街，得走上二十多分鐘的路。本來阿公要騎車載他去，但他藉口說自己坐了一整天，想出去走走，好活動活動身體，便婉拒阿公的好意。

豪豪拿著阿公給的五百塊錢在便利商店門口猶疑了許久，畢竟這是他頭一回向大人撒謊騙錢，尤其阿公阿嬤對自己這麼好，他竟向他們騙錢來買遊戲點數，令他心中除了不安之外，更有著深深的罪惡感。

「唉……，先不管這麼多了，沒繼續儲值的話，我連豹騎士也升不上去，更別說是龍騎士了。」隨著便利商店自動門打開的「叮咚」聲響起，終於還是抵擋不住升級的誘惑，進去買了遊戲點數。

儲值完後，豪豪終於有天幣可以更新裝備，他沒忘記還要買許多補血丹，好坐在電腦桌前，與遊戲中那些妖魔鬼怪繼續拚搏。

豪豪看似全心全意的專注於遊戲，不過事實上他還留一小部分注意力，不時的傾聽身後，是否有腳步聲趨近。

現在玩遊戲，豪豪已不再戴著耳機，雖然以前確實很喜歡「騎士大陸」聲勢磅礴的配樂，不過那是因為暑期之前每天只能玩四十分鐘，不能常聽的緣故。如今他每天都待在遊戲中十幾個鐘頭，那些原本認為很好聽的配樂，對於聽膩了的他而言，反倒成了一種噪音。

現在玩遊戲他大多啟動靜音模式，這麼做有個好處，就是可以提早察覺是否有人來到他房間，以便及早應變，不會讓人發現他每天躲在房間裡其實是在玩線上遊戲，而非做功課。

過沒多久，樓梯那邊果然傳來腳步聲，他立即迅速做出反應，先將電腦螢幕關掉，再打開桌上的課本佯裝用功。

「欸，有你的信，拿去。」進來的人是紫萱堂姊。

「啊？」豪豪回頭看見她時愣了一下，因為除了不小心驚吵到她念書那一回外，她不曾再來自己的房間過。

前。

「下午郵差送來的，忘記拿給你。」見豪豪呆愣的樣子，她將信亮在他眼

「喔，謝謝。」豪豪一回神，趕緊從她手裡接過信。

眼尖的堂姊不經意的看見豪豪順手放在桌上的單據，曾經非常沉迷於線上遊戲的她，一眼就看出那是在便利商店購買遊戲點數的單據。這還不打緊，她眼睛一轉，不巧又瞧見豪豪方才從行李箱中取出的水彩，那盒水彩看來雖然還有八成新，但一眼就能輕易辨識出，那絕對不是新買的。

她旋即想到方才吃晚餐的事情，發現豪豪對阿公撒謊騙錢的真相。她臉一沉，很想好好教訓這個不懂事的小堂弟一頓，可是轉念一想，自己念大學時，不也是終日沉迷於線上遊戲而無法自拔嗎？直到母親生了病她才振作起來。畢竟豪豪只是小學生，自己又有什麼資格去管他、說他呢？

一思及此，她的臉色便緩了過來，將手放在豪豪肩上語重心長的說：「遊戲的虛擬世界多半是假的，親情和友情卻是最真實不過了。如果為了假的而去欺騙真的，那是很傻的事情。我想你這麼聰明，一定明白我所說的話。」

「……啊，糟糕！」豪豪聞言，心頭一驚。

堂姊把話說完之後，拍拍他的肩膀離開了。

起初豪豪真是一頭霧水，不過聰明的他一看見自己放在桌上的超商收據和水彩，便知道堂姊應該已經發現他說謊的事情了，所以才會說出方才那番話。

「姊應該不會把我說謊的事告訴阿公、阿嬤吧？」他猜堂姊如果真想告狀，那方才就不必如此溫言相勸。

反正事到如今也只能這麼自我安慰，於是他又將電腦螢幕打開，準備繼續玩「騎士大陸」。

「差點忘了，剛才姊拿了封信給我，會是誰寄來的呢？」他邊盯著螢幕邊拿起信來一看，是小光的來信。「原來是小光……糟糕！」他猛然想起，距上次收到小光和小蘋的信已超過兩個多星期。

這陣子忙著玩遊戲，結交的朋友都變成網路上那些遊戲中的玩家，偏偏忽略掉現實生活中最重要的好朋友，居然忘了要回信給他們。

豪豪總算想到要先將遊戲暫停，把小光的來信瀏覽一遍。信中小光依然跟豪豪聊些近況，同時提到自己與小蘋已通過好幾次信，卻獨獨沒收到豪豪的回信，這不禁讓兩人有些擔心，他是否發生了什麼事情。

「小光、小蘋，你們這麼關心我，我卻忘了你們，甚至連回信也沒有，真是太對不起你們了。」好友的關懷讓豪豪有些羞愧，於是他決定要先回信給小光與小蘋，可是要寫信時，卻發現根本沒有信封與信紙。

他心想：「寫信真麻煩，寫完還要貼郵票再拿去郵筒寄。算了，反正也沒信封信紙，還是等明天再說吧。」

就這樣，他又一頭栽進「騎士大陸」的世界裡，此時此刻，無論是說謊騙錢被堂姊抓包，還是回信給朋友等瑣事，竟都變得無關緊要。

第二天吃午飯時，豪豪口中不時喃喃唸著：「等一下記得去買信封跟信紙……記得去買信封跟信紙……」

因為很擔心自己會忘記回信給小光和小蘋，所以豪豪只好以此方式不斷提醒自己。阿嬤見他喃喃自語的樣子很奇怪，便問他嘴裡叨念些什麼，他居然騙阿嬤說自己正在背誦數學公式，讓單純的阿嬤信以為真，還直誇他非常用功。

豪豪吃過飯，買完信封信紙回來，已是下午一點多。他幾乎是跑著趕回來的，因為昨晚玩線上遊戲時，騎士團團長宣布將有一項特殊任務，就是騎士團首度要和一個巫師團合作，一起去斬妖除魔。這件事情抓住豪豪所有的關注力，不必自我提醒也能記得。

團長說，這項特殊任務雖然艱困卻很有趣，而且肯定能拿到很多經驗值及寶物，至於任務開始的時間，就是今天下午兩點鐘。眼看距離任務開始的時間所剩不多，豪豪便字跡潦草的匆匆回了兩封信，分別給小光與小蘋，至於信件內容，想當然耳只短短數行而已。

其中回給小蘋的那封信上寫著：「好羨慕妳能親眼看見綠蠵龜寶寶，希望下次能有機會和妳一起去看。信裡有個小問題，那就是綠蠵龜的「蠵」和「龜」，他忘了該怎麼寫，而且這兩字的筆劃超多，他懶得寫，於是便將「綠蠵龜」寫成了「綠西圭」。他心想反正小蘋看得懂就好，即便寫錯字也無妨。

儘管已如此偷懶，但他發現一陣子沒用手寫字，如今提筆才寫了幾行字，手腕就感覺非常的痠。

「呼——」寫完信後豪豪如釋重負，總算趕在下午兩點以前把信給寫完了。完成這件麻煩的事情，接下來就要將全副的心力投注於遊戲中。

這回兩團所合作的特別任務，一路玩下來還真「不虛此行」，不僅讓他的經驗值大幅攀升，拿到一面很不錯的盾牌之外，他還認識一位新網友，就是這回和騎士團一起合作的巫師團團長「巫仙一一」。在「騎士大陸」的世界裡，玩家除了可選擇「騎士」這個最熱門的行業外，還有其他幾種職業可供選擇，比如「殺手」或「巫師」等。其中「巫師」這個職業別在遊戲中算是較少人選的，然而「巫仙一一」卻已是該職業別中，最高級的「暗黑巫師」。

豪豪的騎士團團長原本是「虎騎士」，但現在團長不僅早已晉升為「龍騎士」，還是龍騎士裡的最高級別「真龍騎士」。這回合作打怪的任務裡他驚訝的發現，「巫仙一一」的功力居然強過自己的團長數倍。看著一一打起怪來一派輕鬆愜意，毫不費吹灰之力的態勢，不禁讓他對遊戲中「巫師」這神祕的職業，多了很多想像。

因此一一成了豪豪的新偶像，他一直以遊戲中的「私聊」功能與一一攀談。碰巧一一和他談得來，便教他許多遊戲中的小祕訣，甚至力勸他脫離原本的騎士團，轉到「巫師」這個職業別來。

遊戲中所進行的任務直到晚上將近六點鐘才結束，他很慶幸結束時，正好來得及下樓吃晚飯，否則又得勞動阿嬤來催他了。

吃飯時，豪豪一直想著一一給他的建議。一直以來他都以為遊戲中最強的角色就是「龍騎士」，所以為了能盡早成為一位驕傲的「龍騎士」，他一直努力不懈的奮鬥著。現在他卻開始猶豫，是不是真的該「轉行」去當「巫師」。

Chapter 7
滿腸盡塞黃金屎

因前一天「騎士團」與「巫師團」的共同合作取得了極大勝利，於是今天兩團團長便又約好要合作一起打怪，時間一樣定於下午兩點鐘。等約定的時間一到，兩團團員皆十分踴躍參加，幾乎全員到齊，每個人都期盼著能在任務中打倒更多妖怪，好得到更多的經驗值以及寶物。

任務展開後，豪豪選擇單挑一個「白髮女妖」；女妖實力不弱，和他打了個旗鼓相當，不過他相信自己還是略勝一籌，可以順利的擊敗她。此時女妖和他的血差不多都快用完了，於是他退後幾步，打算以最短時間取出一顆補血丹服食，等補充過氣血之後，就能順利收拾掉這隻快要沒血的「白髮女妖」。

不料他才剛補好血，準備上前繼續戰鬥時，卻殺出個程咬金，一個「虎騎士」突然冒出來，不費吹灰之力就把已經被他打得很虛弱的「白髮女妖」給消滅，順利取得高分經驗值。不僅如此，就連白髮女妖遺留下來的一雙金色「凌波寶靴」，也一併成為那名「虎騎士」的戰利品。

豪豪氣炸了，自己打得如此辛苦，眼看即將到手的勝利果實被別人半路攔截，這還有公理可言嗎？何況掠奪他戰利品的人不是別人，恰恰是自己騎士團的副團長，更是自己的同班同學——小業。是可忍，孰不可忍，當下就和小業在遊戲對話框中爭吵起來。

「小業，你幹麼搶我的寶物？」豪豪質問的同時，還打了個憤怒的表情符號。

「我是在救你。」小業附上的竟是一個滿不在乎的挖鼻孔表情。

「屁咧，明明我就快打贏了，哪還要你救啊？」豪豪看見那個挖鼻孔的表情符號，簡直快要氣暈了。

「我是看你沒寫（血）了。」小業繼續挖鼻孔。

「你沒看見我正在補血嗎？不管，請團長出來評理。」豪豪眼見小業不肯認錯，於是決定將方才的情形詳細的以打字方式說出來，直接向團長申訴。

「隨便，反正又不是第一次救你。」小業持續挖鼻孔，一副毫不在意的態勢。

申訴之後，豪豪等了好一會兒，終於等到騎士團團長的回覆。沒想到他居然說：「我想是誤會，副團長應該是想救你，就算了吧。」

看完團長的回覆以後，豪豪覺得一肚子委屈，卻又不知如何是好。很明顯，團長完全是偏向小業那邊。

「很簡單，叫他把戰報公布出來就知道了。」豪豪沒主意的時候，總算有個人跳出來幫他主持公道，此人正是巫師團團長——巫仙一一。

原來遊戲中有個功能，系統會將每次的戰鬥過程和結果做成「戰報」，寄至玩家在遊戲中的信箱，以供玩家檢討戰鬥中的利弊得失，或是用來向他人炫耀自己戰鬥的成果。

經一一的提醒，豪豪想到唯有「戰報」才能證明的確是小業搶了自己的戰鬥成果。但方才那場戰鬥是小業取得最後勝利，因此只有他才有戰報。

於是豪豪立即向小業喊話：「對啊，快把戰報貼出來給大家看。」

沒想到小業居然只輕描淡寫的打了兩個字，回說：「山（刪）了。」

「刪了？騙鬼哩。」豪豪看見這個答案雖然氣得七竅生煙，卻無計可施，只能在心裡默默咒罵小業。

「此地無銀三百兩，我看是不敢貼，而不是刪了吧。哼哼。」一一顯然看不過去，又跳出來說話，還附上一個冷笑的表情符號。

「巫仙，這是我們團裡的事，請你不要插手。」看來騎士團團長和小業的交情還真不錯，眼見小業被一一奚落，他立刻挺身而出並加以維護。

「哼哼。」一一倒很酷，傳了個冷笑的表情符號，就懶得再說話。

這起遊戲紛爭暫時只能如此收場，畢竟一一不是騎士團的成員，站在一個外人的立場，他的確很難再多說些什麼。不過對豪豪而言，卻是說什麼也嚥不下這口氣，平時已經受夠小業的嘲諷了，今天他居然來搶自己的寶物，實在太過分了。

「沒錯，就這麼決定。」悲憤莫名的豪豪此時下定決心，要放棄成為「龍騎士」的夢想，決定脫離騎士團，改職成為巫師跟隨一一去。他發誓，日後定要成為一個與一一同樣功力驚人的「暗黑巫師」，然後打敗小業，好洗刷他今日所受的種種屈辱。

豪豪離開騎士團的舉動並未引起多大注意，因為他在團裡只是個不大不小的角色而已。不過巫師團這邊對於他的加入卻是大表歡迎，尤其團長「巫仙一一」還立刻封他為巫師團中的小幹部，令豪豪十分感動，並從中找到了歸屬感，讓他更加認同「巫師」才是遊戲中最棒的職業。

加入巫師團後，他體認了一件事情，這遊戲除了花時間外，要花的錢也不少。以前他還在騎士團的時候，光是買裝備和補血丹就花掉自己兩千塊的零用錢，還有從阿公那邊拿到的五百塊錢。哪裡知道加入巫師團後所要花的錢更多，因為一一告訴他，若是花天幣購買巫術所使用的魔法書和道具，「巫師」

這職業將能更快升級。

放棄原本好不容易才獲得的「鷹騎士」，又得從初級「巫師學徒」開始練起，豪豪覺得真是太累了，但似乎別無選擇、無路可退。沒錢的他只好暫時先按捺住心中的不安，再次將腦筋動到最疼愛他的阿公、阿嬤身上。

不過短短一個星期，他就騙了阿公、阿嬤兩次錢，好購買巫術所用的魔法書和道具，然後在一一的教導下，很快就升級為「黑巫士」。這時他想測驗一下自己的實力，同時決心要報之前的一箭之仇，於是就做了一件之前小業對他所做的事情。

這天豪豪趁小業打怪的時候硬是介入那場戰鬥，奪走本該屬於小業的寶物。小業倒也乾脆，沒質問豪豪為何要這麼做，就直接和他的「黑巫士」打了起來。

這是一場豪豪期待已久的戰鬥，他本來就希望有朝一日能在遊戲之中超越小業，尤其發生過上次的搶寶事件之後，這念頭愈發強烈。如今這場與小業一決高下的戰鬥，終於來了。

「嘿，小業，你等著被我打敗吧。」豪豪對於自己現在的實力相當有自信，他好整以暇的操縱鍵盤與滑鼠，戴起許久未曾使用的耳機，想聽聽待會兒「虎騎士」臨死前的哀號。

不過小業的「虎騎士」自然沒那麼好打發，他的坐騎是一隻凶猛的白老虎，不僅左一撲、右一咬的聲勢十分驚人，耳機中更是不斷傳來威風凜凜、讓人心驚膽戰的虎嘯之聲。騎在白虎上的騎士，不停的以手中長劍揮舞出一圈又一圈的紅色劍光，將那個騎著掃帚的瘦小「黑巫士」給完全籠罩起來。如果單就戰鬥畫面來看，豪豪的「黑巫士」猶如一艘航行在紅色怒海中的黑色小船，隨時有被吞噬的可能，處境可說相當危險。

豪豪面帶微笑，看來並不以為意，好像根本沒察覺到有任何危險存在似的。只見他不慌不忙按了幾個鍵，「黑巫士」立刻就被一層淡淡的紫光給包圍起來，那片紫光猶如防護網，令「虎騎士」的紅色劍光根本無法傷害到他一絲一毫。緊接著他又按了幾個鍵，耳機中立刻響起「鴉嗚、鴉嗚」難聽的鳥叫聲，與此同時，「黑巫士」身上所穿的黑色斗篷之中，居然很神奇的飛出一大群黑色烏鴉。

凶猛的黑烏鴉大軍以尖銳的利喙與爪子，無情的向「虎騎士」發動致命攻擊，雖然「虎騎士」奮力揮劍抵抗，砍死不少烏鴉，但是烏鴉大軍實在過於龐

大，只要被其餘還活著的烏鴉啄一下，氣血就會少掉一分。因此撐不到一分鐘，小業的「虎騎士」便已氣血耗盡。

「虎騎士」發出一聲不甘願的怒吼之後，便倒了下去一動也不動。豪豪緊緊盯著螢幕，想看看小業會選擇以何種方法來面對「虎騎士」的死亡。如果他選擇花大錢去藥店百草堂購買「還魂丹」服食的話，表示他尚未認輸，還想原地復活再打一次。又或者他可能會選擇將虎騎士的遺體送進「還生洞」，那麼便可認定小業徹底服輸，覺得根本打不過自己。

顯然網路另一端的小業正思考同樣的問題，難以抉擇，所以才讓「虎騎士」的屍體躺在地上好久，直到過了好幾分鐘，才終於消失不見。消失，就表示小業已選擇將虎騎士的屍體送進還生洞接受降級的命運，也就是說，他終於——認輸了。

「我、我終於打敗小業了。」豪豪有著難以言喻的興奮心情，然而大叫大跳未免會驚擾到堂姊，於是只能握緊雙拳，跳到床上滾來滾去，好像不這樣做，那種充溢於胸中的興奮之情就會爆炸開來一樣。

雖然此次戰鬥他對打敗小業有著一定程度的自信，但總以為勢將面臨一場激戰。萬萬沒想到，竟能如此輕而易舉就把小業的「虎騎士」給打敗。這個他認為遙不可及的夢想，如今竟然實現了，怎不教他欣喜若狂呢！

只是他沒想到這件事情，後來竟引發巫師團與騎士團的對立，雙方關係由友好轉變成敵對狀態，從此兩團之間便展開無止無休的對戰。

事情一開始是不甘失敗受辱的小業，將寶物被豪豪所搶之事告知騎士團的團長，騎士團團長便跑來質問巫師團團長，結果雙方一言不合，大打出手。巫師團團長「暗黑巫仙」技高一籌，一個不小心就把騎士團團長「龍騎士」給打死了。就這樣，騎士團正式向巫師團宣戰。

雖然說巫師團裡的巫師們在個別戰力上，平均都勝過騎士團的騎士，但騎士團卻贏在擁有人數上的優勢，因此雙方打了好幾回合之後互有輸贏，不分上下。若僅是這種雙方事先約好時間，屬於「團對團」的正規戰倒也還好，最可怕的莫過於屢遭敵方偷襲的游擊戰。

以豪豪來說，就被騎士團的成員偷襲過好幾次，往往當他一個人落單在打怪時，就有三、四個不等的騎士突然竄出來攻擊他，不僅搶走他的戰績，有時還差點就被當場打死，幸虧他總是跑得快，不然可就慘了。

自從兩團開戰以來，包括豪豪在內的兩團團員，玩遊戲時都得戰戰兢兢、緊張兮兮，想當然耳，這樣時常相互偷襲的結果，自然讓兩團成員間的心結和仇恨愈結愈深。

接連好幾天，豪豪不單要打怪解任務，還要應付騎士團的團戰與偷襲，花在遊戲上的時間便愈來愈長。他每天都戰到天昏地暗、疲憊不已，彷彿除了追求「打贏敵人」外，這世上再也沒有其他更重要的事情了。

小蘋與小光雖然又來信，他卻嫌回信寫字太過麻煩，還會占去他玩遊戲的時間，根本無暇理會。甚至連大伯母病情再度惡化，而不得不去住院時，他也沒有多放在心上。

不知不覺暑期已過了一大半，每天除了吃飯、睡覺外，豪豪幾乎都掛在「騎士大陸」上，尤其與騎士團開戰以來，他甚至連覺也睡得少，一天常睡不滿六個鐘頭。今晚一如往常，深夜時分他仍坐在電腦前玩線上遊戲。玩遊戲時，他揉揉眼睛，忽然感到視線有些模糊，既痠且澀。因為和怪物的戰鬥正進行到一半，只好硬撐著又玩了好一會兒，才終於決定上床休息。

鄉間的夜本就安靜，當他關機，少了主機運轉時所發出的噪音之後，更是靜到像一根針掉在地上也能聽得清楚一般。

「咦，那是什麼聲音？」豪豪忽然聽見一個奇怪的聲音，他豎起耳朵仔細聆聽，分辨出除了遠方田埂傳來的蟲鳴蛙叫，以及桌上鬧鐘發出的滴答聲外，好像還有女子的嗚咽聲。

半夜女子的啜泣聲，使他心中一驚、頭皮發麻，腦中不禁浮現起以往聽過的種種恐怖傳說，還有之前看過的恐怖電影畫面。二話不說，他立即鑽進被窩，儘管天氣很熱卻還是整個人矇在棉被裡，邊瑟縮顫抖、邊在心中不住的祈禱著：「我知道我不是乖孩子，我不該每天玩線上遊戲都不寫功課，更不該騙阿公阿嬤的錢。我知道錯了，求神明保佑，不要讓女鬼來捉我，拜託拜託。」

五分鐘後，躲在棉被裡的豪豪已是汗流浹背全身溼透，再也耐不住悶熱的他，頭終於緩緩從棉被裡探了出來，只不過仍緊閉雙眼，深怕一睜開眼睛就會看見什麼恐怖畫面似的。

他鼓足勇氣睜開眼睛，之後發現房裡並沒有什麼可怕的「景象」產生。

「呼——什麼也沒有，好險。」見到天花板上的日光燈仍一如往常的照亮一室，才稍稍鬆了口氣。

鎮靜下來以後，他發現女子的啜泣仍斷斷續續，這回他聽得比較真切，知道這聲音很明顯是從樓下傳上來的。難道……是紫萱堂姊在哭？

「不會吧，她也會哭？不過……也難怪。」豪豪本來覺得不可置信，一向堅強又恰北北的堂姊怎可能會哭？只是當他一想到大伯母最近因病情惡化再度住院，便不難理解堂姊為何會哭了。

為了證明自己猜測無誤，加上好奇心使然，他決定下樓查看一番。來到二樓走廊時，他發現堂姊的房門沒關，房裡的燈還亮著，於是便躡手躡腳來到房門口。他看見堂姊坐在桌前練字，地上全是寫滿了字的回收用紙。不僅如此，他還看見堂姊邊哭邊寫，所以地上遺有幾團她擦過眼淚、擤過鼻涕的衛生紙。

「怎麼回事？」本來豪豪猜想堂姊有可能是為了大伯母的事在哭，可是現在一看，好像是為了字寫不好的事情在哭，這倒教他糊塗了。

不知為什麼，當他看見堂姊啜泣認真寫字的身影時，竟想起自己的暑假作業根本還沒開始寫的事情來。成天只顧著玩線上遊戲的他，認為暑假還長，於是一天拖過一天，剎那間許多事情同時湧進他心裡，比如爸媽平時對他的教誨、小時候媽媽逼他把字寫好時那凶巴巴的模樣、最近他做的壞事……還有，自己的好友小蘋與小光，以及跟他們相處時的那些愉快時光。

其實這些人與事，偶爾也會閃進豪豪的腦海裡，只不過每當他一進入「騎士大陸」的世界裡，一切就會自動被拋諸腦後。

「我是怎麼了，怎會突然想起這麼多事情來？」忽然湧現的思緒，令豪豪百思不得其解，便呆愣愣的站在堂姊房門口。

堂姊發現豪豪，便勉強抑止住啜泣，問道：「有什麼事情嗎？」

豪豪回過神來，猜想堂姊是因字寫得不好所以哭了，便趕緊擠出幾句話來安慰她：「沒……沒事啦，其實……字寫不好，慢慢練就好了，不要太難過喔。」

這句話，倒教堂姊忍不住噗哧一笑：「你這小屁孩懂什麼啊？這麼晚了還不睡，又在玩線上遊戲了齁？」

「不……不是啦，我早就睡了，只是……起來上廁所。」做了虧心事被說中，豪豪只能慌慌張張說些話來掩飾。

「最好是這樣。」堂姊當然不信，所以緊接著又嚴厲的問：「那你最近還有沒有跟阿公騙錢去買遊戲點數？」

「沒……沒有。」豪豪答得十分心虛。

「那就好。」堂姊選擇先相信他，但還是板著臉很嚴肅的警告他：「要是再被我發現你向阿公、阿嬤騙錢去買遊戲點數的話，我一定會告訴你媽，到時你就死定了。知道嗎？」

「知道了，我保證絕對不敢了。」對於堂姊的威脅，豪豪是真的很害怕，萬一被媽媽知道他騙錢，那可真是死無葬身之處。

「很好。」堂姊聽見他的保證後，原本板著的臉總算放鬆，還很難得的露出一絲笑容說：「對了，謝謝你剛才的安慰。」

「沒什麼啦。那……姊，我先去睡了喔，晚安。」看見堂姊的笑容，豪豪鬆了口氣，很怕她會再「盤問」其他事情，只得趕緊道聲晚安準備落跑。

堂姊卻叫住他：「等一下，上次我跟你說的話，你要好好想想。知道嗎？」

「嗯，知道了，謝謝姊姊。」

「好，快去睡吧。晚安。」

「姊姊晚安。」

脫身之後，豪豪邊爬樓梯邊回想：「上次堂姊到底跟我說了什麼啊？」

等回到房裡，他才想起第一次騙阿公錢被堂姊發現時，她曾語重心長的提醒自己：「遊戲的虛擬世界，多半是假的。親情和友情卻是最真實不過了。如果為了假的而去欺騙真的，那是很傻的事情。」

這番話他似懂非懂，字面上的意思他雖然明白，卻體會不出其中更深層的涵義。想了一會兒後，索性不再多想。

由於方才躲在被窩裡出了一身汗，渾身上下溼溼黏黏的十分難受，他決定先洗個澡然後趕緊上床睡覺。幸好三樓有獨立的衛浴設備，只要動作輕一點，就不怕會吵到人。

他進浴室之後脫了衣服準備洗澡時，無意間從鏡子裡看見自己的身形顯得有些臃腫，肚子鼓鼓的，好像胖了不少。更奇怪的是，這兩天他老覺得腹部悶悶脹脹，有時還會隱隱作痛。

豪豪肚子不舒服的情形持續了好幾天，卻一直沒跟阿公阿嬤說，還是強忍著腹痛繼續玩他的線上遊戲。這天吃午飯時，他的腹部又開始悶痛起來，自然沒什麼胃口，才吃了小小的半碗飯就回房休息了。

「這種痛不像吃壞肚子，是因為最近睡得太少，所以才不舒服的嗎？」他躺在床上胡亂猜測自己不舒服的真正原因。

玩線上遊戲的緣故，最近老是睡眠不足，雖然不免覺得超級疲累，但只要一進入遊戲，便會玩到捨不得睡覺。就像現在，雖然身體不舒服，想先睡個午覺補補眠，心想睡一覺之後說不定會好點，不過躺在床上沒一會兒，便又爬起來打開電腦，滿心只惦記著遊戲中的那個自己。

豪豪心想：「只要今天再努力點，說不定能升上紫雲巫仙。」他一手摀著隱隱發疼的肚子，另一手則繼續操縱滑鼠打怪。時間一分一的地過去，肚子痛的狀況不僅沒有好轉，反而愈來愈嚴重，痛到最後竟開始冒冷汗。可是即便如此，他還是強忍著不願離開電腦。

「啊，呃，怎麼……這麼痛！」好不容易解決掉一隻大妖怪，正暗自得意，肚子卻突然產生一陣劇烈疼痛，一時腹痛如絞。

由於實在太痛，豪豪痛到再也無法忍耐，竟不支倒地，在地上打起滾哀號

起來：「好痛喔，痛死我了——」

阿公已經下田去，阿嬤也還在醫院裡照顧大伯母，此時家裡僅剩堂姊，豪豪喊痛的哀號聲立刻驚動了樓下的她。

她上樓查看，見到豪豪的慘況嚇了一大跳。「豪豪，怎麼了？怎麼會這樣，要不要緊？你不要嚇我！」眼看情形不對，她急忙打電話叫了計程車，準備將豪豪送去母親住的那家醫院掛急診。

一到醫院，醫師先替豪豪打針並做了些必要的檢查，折騰好一會兒才被推回急診處。他虛弱至極的躺在病床上，幸好肚子已不像先前那樣疼了。

沒多久，醫師來到病床前，翻看豪豪的病歷以後問道：「弟弟，你幾天沒上大號了？」

醫生叔叔突然問這麼令人尷尬的問題，豪豪一時漲紅著臉，不知該如何回答，好一會兒才囁嚅的說：「好像有三、四天了吧。」

「三、四天？」醫師露出不相信的神情，他從大牛皮紙袋中抽出一張X光片，就著燈光仔細看了一下說：「照你腸子塞滿糞便的情形來看，應該起碼至少有十天以上沒有解便才對。」

「豪豪你居然這麼久沒嗯嗯了？」聽見醫師的話後，堂姊驚訝的大呼一聲，惹來其他病人與家屬一時的關注。

看見他人投射而來的揶揄目光與竊笑神色，豪豪真想馬上挖個地洞鑽進去，覺得好窘喔。但他又不能不回答醫生叔叔的問題，只好小聲的含糊其詞：「應該是吧，我自己也忘記有幾天了……」

「那就對了。」醫師對自己的診斷深具信心：「就因為你滿肚子塞滿便便，才會引起腸胃發炎，而且非常嚴重。為了避免產生腹膜炎併發症，你必須要住院觀察幾天喔。」

「這麼嚴重？」接著堂姊對豪豪說：「那我去跟阿嬤說，好幫你辦住院手續。」說完她就到母親的病房找阿嬤去了。

醫師又問了豪豪幾個問題：「你有沒有挑食的習慣？常不常喝開水？是不是都長時間坐著，不喜歡運動？」

經醫生叔叔的詳細詢問與解說之後，他終於明白自己是因長時間坐在電腦前，沒有運動，又不多吃蔬菜水果勤喝水，才會造成嚴重便祕，導致這次肚子這麼痛。

最後醫師說道：「弟弟，現在要幫你通腸了喔。」

「通腸？天啊，這又是什麼酷刑啊？」他心中暗暗叫苦，當下真體會了健康的可貴。

聞訊趕來的阿嬤看見寶貝孫子被通腸的可憐模樣，嘴裡直呼「不捨」之餘，還喃喃叨念著：「真奇怪，活到這把歲數，還從沒聽過肚子塞太多大便會生病這種事情。」

豪豪通過腸後被送進病房，雖然說通腸過後會讓屁屁那邊感覺有些不舒服，但肚子的疼痛與悶脹感已大為好轉。

阿嬤眼見寶貝孫子遭受這種活罪當然滿心不捨，老人家的觀念就是「生病一定要吃補」，於是她讓紫萱留下來照顧豪豪，自己則趕回去燉雞湯。

在病房照顧母親的堂姊一直等到媽媽注射完止痛劑，從疼痛之中解脫，逐漸入睡以後，才又來到豪豪的病房。豪豪看見堂姊走進來時兩眼通紅，便想起那天晚上她在房中邊寫字邊啜泣的情形，以及她說過的那番話——「遊戲的虛擬世界，多半是假的。親情和友情卻是最真實不過了。如果為了假的而去欺騙真的，那是很傻的事情。」

「如果不是姊送我來醫院，我會不會因為肚子塞了太多大便而死掉呢？」經過這次生病，豪豪似乎有些懂得堂姊那番話的涵義了。當自己肚子痛得快要死掉時，會及時救他的人是堂姊，不是小業、巫仙——，也不是網路上的其他網友。

他還想到，若真是因為玩遊戲玩得太過火而生病死掉的話，那可不是送進「還生洞」就能再復活的，而是永遠的與這可愛的世界告別。一想到這裡，他便覺得好可怕。

「姊肯定是擔心大伯母的病，才會哭紅眼睛的。她其實滿關心我的，還幫我隱瞞騙錢的事情。我卻整天忙著玩遊戲，不關心身邊的親人，這樣好像有點不太對。」他覺得自己應該要好好安慰一下堂姊才是，便關心問道：「姊，大伯母現在怎麼樣了？妳千萬不要太擔心，大伯母的病一定會慢慢好起來的。」

原本坐在床邊狀似發呆的堂姊，聽見豪豪的話後，兩行眼淚再也忍不住的落下來。她哽咽說道：「每次見到媽媽痛苦的樣子就好難過、好害怕。我真的好怕媽媽會這麼離我而去。」

看見堂姊哭成這樣，豪豪趕緊抽出兩張面紙遞給她。

「謝謝。」堂姊接過面紙擦了眼淚，又擤了鼻涕，才接著又說：「我好後悔，以前每天都玩線上遊戲，從來沒有好好陪過媽媽，一天也沒有。」

她告訴豪豪，自己以前是個重度線上遊戲玩家，念國中以後，陪伴她的就是電腦、網路以及虛擬世界裡的遊戲，可以說是個標準宅女。因為每天使用鍵盤打字，鮮少有機會動筆寫字，所以才會造成她打字速度飛快，手寫字卻寫得很慢又很醜的窘境。更糟糕的是，因為忽略手寫字，而逐漸遺忘方塊字原有的結構與筆劃，以至於往後每每動手提筆寫字時，就會有一堆錯別字產生。還有，她更因為整天沉溺於虛擬世界，所以與現實世界愈來愈疏離。

堂姊哭著說：「每天除了上課時間外，我幾乎躲在房間裡打電腦，媽媽看我既不與人交流，也沒什麼朋友，擔心我繼續這麼下去不太好，就念了我幾句。我卻認為媽媽管太多，還和她頂嘴爭吵。豪豪，我以前是不是真的很壞？」

豪豪不知該如何回答，只好又遞了張面紙給堂姊擦眼淚。

堂姊擦完淚後繼續說，她之所以會和媽媽的關係變差，全是因為愛玩線上遊戲惹的禍。直到這回媽媽病重，她才深刻了解到，媽媽對自己有多麼重要。如今為了完成媽媽最大的心願，她立志一定要考上公務員。問題是公務員考試的題型大多為申論題，需大量書寫，這對於手寫字既醜又慢、錯別字又一堆的她而言，無疑是個很艱鉅的挑戰。

「最近練寫字，練得很辛苦，那天晚上我練得手腕又痠又疼，超後悔從小沒有把字給寫好，又想到媽媽病中對我的期望，才會忍不住哭出來。」堂姊說。

「原來是這樣。」此時豪豪終於明白那天晚上堂姊哭泣的真正原因。

「所以囉，我才會勸你玩線上遊戲該要適可而止，否則若因此失去許多生命中更寶貴的東西，到時想後悔也來不及了。」

「失去生命中更寶貴的東西？」堂姊一番話使得豪豪頗有所感，心想她所指的應該是與家人間的親情、和朋友間的友情，以及包含「寫字」在內的課業學習，甚至生命本身，皆有可能因過度沉迷於虛擬線上遊戲而被忽略，乃至失去。

忽然他想起，自己已經很久沒和小光、小蘋聯絡，就連唯一一次回信給他們也是馬虎到不行，還把綠蠵龜寫成了「綠西圭」，如今想來真的有點糗。萬一友情因疏於聯絡而生變，也是自己惹出來的，更別說得到「肚子裡塞滿黃金」這種丟人的病了。

他愈想愈覺得堂姊說得很有道理，所以很誠心誠意的對她說：「謝謝姊，妳說的話，我一定會牢記在心裡。」

話雖如此，可是豪豪在病房裡無聊的躺了一整天，到了晚上，還是不免又要掛心遊戲中自己扮演的那個角色。他心想：「一整天都沒上線，也沒練功，要是被小業給超越的話，那可就糟了。」

Chapter 8 網路詐欺知多少

豪豪生病住院對阿嬤來說可是非同小可，她自然得趕緊通知豪豪的爸爸，叮嚀他要打越洋電話到日本通知豪豪的媽媽。

隔天早上，爸爸特意請了幾小時的假來探視豪豪，見他已經沒什麼大礙，加上醫師說只要再觀察一天就可以出院，這才放下心來。臨走前爸爸詳加叮嚀一番，要他多喝水、多運動、多吃蔬果不要挑食之類的話，才趕回公司銷假上班。

到了中午，阿嬤十分忙碌，先是準備午餐來給豪豪吃，見他乖乖吃完以後，又急急忙忙的趕去另一個病房照顧大伯母。

堂姊還留在家中念書，所以阿嬤走了之後，除了鄰床那些不認識的病童及家屬外，就只剩下豪豪一人。他掛著點滴，哪也不能去，正當他百無聊賴之際，意外發現爸爸早上離開時留下的一份報紙。無聊的他將報紙拿起來翻閱，忽然看見報上一個斗大的新聞標題，引起他的全副注意力，標題寫著：「迷『網』少年會打字卻不會寫字」。

他仔細閱讀這則新聞，報上寫說，有個獨居的十六歲青少年，上網時突然感到身體不適，故打一一九請求救援，後來經深入了解，該少年為某私立高中的中輟生，警方請他寫下基本資料時，他竟自稱只會打字不會寫字，因為他已有好幾年沒提筆寫字，早已忘了該如何書寫。少年的回答讓警方十分傻眼，質疑他至少有國中學歷，怎麼可能不會寫字？想不到該名少年竟毫不在乎的笑說，他有很多朋友都這樣，這很正常，根本毋需大驚小怪。

報上還報導，該名青少年因父母離異，雙親只供他生活費卻未與之同住，所以獨居的他才會鎮日沉迷線上遊戲。這名青少年在各大熱門遊戲網站中頗有名氣，他的網路暱稱叫作「一一」。報上不能免俗的分析現今電腦普及的時代，新一代青少年寫字能力普遍退化的問題與現象，呼籲政府應多加正視。

豪豪立刻聯想到，這位青少年有可能就是他所認識的「巫仙一一」。他想起堂姊說過的話，開始認真思索自己玩線上遊戲，是不是到了該適可而止的時候了。

阿嬤一次照顧兩個病人，堂姊擔心她會忙不過來，所以有空就到醫院裡幫忙。她探視過母親之後就來到豪豪的病房，看見他正在看報紙。「豪豪，報紙拿這麼近看，不怕得近視眼喔。」堂姊的聲音突然在他耳畔響起。

「不知道耶，最近老覺得眼睛容易發痠，而且視線好像也有些模糊。」豪豪揉揉眼睛的說。

「你是不是遠的東西看不清楚，拿近一點就清楚了？」堂姊問。

「好像是耶。」豪豪將手上的報紙一下子拉遠，一會兒又拿近，來回測試一番，發現果真如堂姊所說的那樣。

「唉，看來你是近視眼沒錯，要去配副眼鏡來戴了。」堂姊推了推自己鼻梁上的眼鏡，嘆口氣的說。

堂姊為豪豪掛了眼科門診，等眼科醫師檢查過後，正式宣告豪豪得了近視眼，度數是三百度。他們看完眼科門診回到病房，恰巧護士來通知豪豪出院，於是堂姊忙著去跟阿嬤拿錢和豪豪的健保卡，好去幫他辦理出院手續。

堂姊又是批價、又是繳費、又是忙著去開立住院和診斷證明，一個早上跑上跑下的，絲毫不嫌麻煩。

堂姊到病房接他出院時，他感激的說：「謝謝姊，不好意思，浪費妳這麼多念書的時間。」

堂姊聽了以後，笑著輕彈了一下他的額頭：「沒辦法，誰教你是我最可愛的堂弟呢？這樣吧，我乾脆好人做到底，順便帶你去配一副眼鏡吧。」

「啊？」豪豪驚呼抗拒道：「不要，戴眼鏡看起來好醜喔。」

「不行。」堂姊兩手叉腰，嚴肅的對他說：「不戴眼鏡，你的近視會愈來愈深喔。」

不容豪豪再多所推託，堂姊硬是拉他到一家熟識的眼鏡行配了眼鏡。當豪豪看著鏡中的自己變成四眼田雞時，不由得有些沮喪。更令他沮喪的不只是近視而已，住院時護士為他量了身高體重，暑假期間他幾乎沒長高，卻硬是胖了

七、八公斤，使得鏡子裡戴眼鏡的他看起來更像個小呆瓜。

「哎喲，我這樣子看起來真的好矬喔。」面對鏡子裡的自己，豪豪唉聲嘆氣，顯然對自己現在的造型相當不滿意。生病、近視、變胖等苦果都是咎由自取，除了接受現實外，實在怨不得其他人。

豪豪一路長吁短嘆的跟著堂姊搭公車回家，本以為變成胖胖的近視小呆瓜已經夠悲慘的了，卻萬萬沒想到厄運還沒結束。

才一回阿公家，他就接到爸爸打來的電話，說是媽媽在日本聽聞他住院的事情十分擔心，可能會取消受訓行程最後階段的結訓典禮和慶功宴，提早回國。

豪豪一聽這消息可急了，屈指一算，距暑假結束只剩兩個多星期，自己的暑假作業卻一個字都沒動，要是過幾天媽媽回來的話，那可就完蛋了。

接下來的幾天，他忙著趕寫暑假作業，寫得兩隻手既痠又疼。真要認真算起來，這又是一件貪玩線上遊戲所惹的禍，即便如此，他仍忍不住每天偷空玩一、兩個小時，安慰自己這是辛苦寫功課之餘的小小調劑。

這天，遊戲的對話框中傳來巫師團網友的訊息：「團長今天又沒上線，看來又要打敗仗了。」

「是啊。」豪豪做了個沮喪的表情符號回應。

這幾天他發現巫師團的領導「巫仙一一」始終沒上線，猜想一一應該就是新聞報導的那名青少年沒錯，可能是身體尚未痊癒，所以才沒有辦法上線。少了一一的領導，這兩天巫師團被小業所屬的騎士團給打得落花流水，而且近來小業突飛猛進，升上「龍騎士」，豪豪卻因趕作業而無法繼續大幅精進，再這麼下去的話，相信過不了多久，自己就會打不過小業，關於這點他一直感到很是氣餒。

為爭取更多的時間練功，豪豪沒日沒夜的死拚活趕，好不容易暑假作業的進度趕上了，可是此時距媽媽來接他的日子，也只剩下三天。

三天，多麼寶貴的三天啊。

只要一想到媽媽回來之後，就不能再隨心所欲的玩遊戲，豪豪便將之前所受的種種痛苦皆抛諸腦後，決心利用這最後三天好好的大玩特玩一番。

頭兩天他果真故態復萌，日夜掛在網上打怪、修鍊或者是偷襲小業他們的騎士團。

「不管未來如何，至少你現在就是打不過我，嘿嘿。」好幾次他偷襲小業成功之後，總忍不住在心裡偷笑，更有一種成就感，覺得暑假這段期間自己所投資的時間、精神和金錢都沒有白費。

到了第三天卻出了一件大事，遊戲公司的伺服器居然無預警掛點，無法登入。豪豪每隔沒多久就試著登入一次，一直試到半夜才登入成功，但等他進入「騎士大陸」的遊戲介面時，卻完全傻眼。

「怎麼會這樣呢？」豪豪氣得快昏過去，差點就大罵出來。

豪豪登入遊戲後，發現自己的經驗值點數、裝備，還有很多寶物都不見

了，連等級也下降成暑假之前尚未轉職的「正騎士」，這麼一來，暑假這段期間所投資的時間、精神，還有金錢，豈不是統統白費、如夢一場了嗎？

為了解究竟發生了什麼事情，他連忙打開瀏覽器，連到遊戲公司的官網遊戲論壇上去瀏覽，發現論壇上的玩家早已罵聲連連，但遊戲公司目前僅貼出一則公告，表示他們還在追查伺服器故障的原因，希望玩家諒解並請耐心等候云云。看了公告以後，豪豪嘆了口氣，既然如此，那麼只能等待看看遊戲公司要如何善後了。

眼見自己努力一個多月辛苦得來的成果毀於一旦，豪豪不禁想起以前看過的一個成語故事，叫作——「黃粱一夢」。

從前，有位盧姓書生到外地借宿，在客棧巧遇一名道士，兩人不僅攀談，言語間還頗為投機。談話之中盧姓書生卻不時抱怨現今清貧生活的無奈，流露出對榮華富貴的渴望。道士雖已好好的勸解書生一番，他卻十分執迷，聽不進去，仍對人生的逆境無法釋懷。

於是道士便拿了一個枕頭對書生說：「不然你用我這枕頭睡上一覺吧，這樣就能達成你所想要的富貴榮華。」

書生接過枕頭一看，發現那只是一個看似普通的青色瓷枕，枕頭兩端各有一個孔洞。他對道士所說的話雖有些半信半疑，但抱著姑且一試的心態，還是將頭枕在青色瓷枕上睡覺。

書生才躺下沒多久，矇矇矓矓中發現瓷枕兩端的孔洞竟愈變愈大，最後不僅大到可容人鑽進去，還能看見有亮光自孔洞中隱隱然透出。

在好奇心驅使之下，書生從孔洞中鑽進去，這下子他發現自己已從外地返家，幾個月後突然天賜良緣，讓他娶了個富家千金，由於夫人的陪嫁嫁妝十分豐厚，於是書生的生活也跟著富裕起來。

第二年他去參加考試，一舉考中進士，起初只被留在京中擔任小官，第三年他被外調擔任地方知州時，由於治水有功，頗得百姓們普遍的愛戴與讚揚，皇帝一高興便將他調回京城擔任京兆尹，也就是高升為首都市長。過沒多久，邊境爆發戰爭，皇帝派他去邊防鎮守，他一到任，不僅擊潰來犯敵軍，還替國家開拓了九百里的疆土，立下大功。待他班師回朝，皇帝立刻封他做戶部尚書兼御史大夫的大官，可說是榮寵有加。

原本清貧的盧姓書生不僅娶了有錢的妻子，還得到皇帝的重用當了大官，人生至此果然應驗道士所說，榮華富貴全都有了。不過所謂「人紅招嫉」，滿朝文武大官中，有許多人眼紅於他的風光，便集體誣陷他結黨營私、圖謀不軌，皇帝一時不察，誤信讒言，將他關了起來。本來謀反的罪責理當處斬，幸

文

好皇帝念及他過往的功勞，最後赦免他的死罪，將之流放邊疆苦寒之地。

又過了幾年，皇帝終於查清楚盧姓書生當年是被奸人所害，一方面為彌補他這些年來所受的冤屈，二方面知道他的確是個人才，便啟用他為宰相，還封他為「燕國公」，如此加官晉爵，總算否極泰來。後來他總共生了五個兒子，每個兒子皆成就非凡，可說皆乃國之棟梁，他們盧家成了當時的名門望族，聲勢之顯赫可說是無人能敵。

盧宰相老了之後，身體逐漸衰弱，好幾次向皇帝請辭想告老還鄉，都沒能得到准許。一直忙於公務的他最後生了場重病，臨終以前，他掙扎著寫了道奏疏呈給皇帝，奏疏中他回顧自己大起大落的一生，對皇帝的知遇之恩表達感激。等奏疏上呈不久以後，他就過世了。

這時睡在客棧中的盧姓書生醒過來，發現道士就坐在自己身邊微笑的看著自己，連睡前客棧主人所蒸的一籠黃粱米飯都還未蒸熟，一切完全沒有改變，觸目所見與他睡前皆一模一樣。

他詫異問道：「方才我所經歷的那麼真實的一生，竟然只是一場夢而已？」

道士笑笑對他說：「人生的榮華富貴，不過就是這樣罷了。」

豪豪憶起這「黃粱一夢」的成語故事感觸良多，認為自己最近的生活與故事中那名書生有些小地方還真是滿相像的。辛辛苦苦的練功、升級，好不容易才打敗小業，可如今一覺醒來，一切竟又回到暑假前的原點。而且明天媽媽就要來接自己回家，無拘無束的日子即將劃下休止符，又要回到遊戲時間會被限制的那種生活了。當天晚上，豪豪躺在床上望著天花板，不由自主的深深嘆了口氣，懷著滿滿的沮喪，沉沉睡去。

第二天中午不到，媽媽就從機場拉著行李直接殺過來，準備接豪豪回家。她一看見豪豪簡直嚇了一大跳，兩隻眼睛直盯著兒子瞧，過了好一會兒才問道：「你真是我兒子嗎？」

豪豪不知該如何回答，他當然明白媽媽並非不認得他，而是指才短短數個星期，他的外貌竟起了如此大的變化，不僅變胖不少，還戴了副眼鏡，和之前的模樣真是差太多了。

「這不是你兒子，不然是誰？妳是在怪我們沒把妳兒子給照顧好嗎？」向來缺乏幽默感的阿嬤，直接了當地問了媳婦幾句。

聽見阿嬤所說的話，媽媽有些生氣，但又不好回嘴，只好狠狠的瞪了豪豪一眼。豪豪只覺得一陣心驚肉跳。

「沒事沒事，豪豪這年紀的孩子正在發育，外貌有較大的變化也很正常。」阿公適時緩頰，問阿嬤說：「妳不是要煮一頓豐盛的午餐給豪豪吃，煮好了沒？」

「對喔，我忘了爐上還在燉枸杞雞湯，枸杞對眼睛最好了。豪豪，等一下你一定要多喝幾碗。知道嗎？唉，也不知道要等到什麼時候，你才能再喝到阿嬤燉的雞湯。」阿嬤邊說邊回廚房，去看爐上的雞湯。

由於堂姊去醫院照顧大伯母，所以這頓替豪豪餞別的午餐只有阿公、阿嬤、媽媽與豪豪四個人吃。吃飯時，媽媽雖有滿肚子的話急著想問豪豪，但礙於在阿公阿嬤面前不方便，只能暫時忍下來。

豪豪卻覺得這頓飯有點像是「最後的午餐」，因為他知道等午餐結束、離開阿公阿嬤家之後，媽媽肯定會逼問自己近來的生活作息，不可能會輕易放過他的。

阿公、阿嬤因為不捨豪豪，所以拚命夾菜給他，他想盡辦法把吃飯時間拉長，但該來的總是會來，這長達一個半鐘頭的餞別午餐終究還是結束了。

用完餐後媽媽起身，對阿公阿嬤說：「爸、媽，謝謝你們這段時間以來對豪豪的照顧，辛苦了。至於電腦，我會請豪豪他爸過來搬回去的。」

阿嬤淚眼婆娑的說：「記得有空常帶豪豪回來讓我們倆老看看。知道嗎？」

媽媽點頭說：「好，有空會多帶豪豪回來的。那，我跟豪豪先走了。豪豪，跟阿公、阿嬤說再見。」

豪豪想起這段時間以來，阿公、阿嬤、大伯母以及紫萱堂姊對自己的好，有些依依不捨。「阿公、阿嬤，再見。」道完再見，一想到馬上就要失去自由，與回家以後媽媽的審問，心裡不禁感到前所未有的沉重。

「為什麼會生病，還成了四眼田雞，又吃得這麼胖？說！這段時間你在阿公阿嬤家，到底是怎麼過的？」回家途中，媽媽在客運上厲聲質問豪豪的近況。

豪豪絲毫不敢提及沉迷線上遊戲的事情，只好低著頭，一律以「我也不知道」帶過。

這樣的答案媽媽自然不甚滿意，因此一回家就檢查了他的暑假作業，想先了解一下兒子暑假期間，是不是有好好的做功課。不看還好，一看之下，媽媽簡直火冒三丈。「寫這是什麼，鬼畫符嗎？從小我就要求你要好好寫字，不一定要寫得很漂亮，至少要端正整齊，讓人看得懂。你看看，寫成這樣誰看得懂？」她無法接受豪豪的暑期作業字跡潦草、錯字連篇。

「從今天起，你每天給我好好的練寫一百個字，不許刻意挑簡單的字寫，我會檢查。」好不容易媽媽念完了，竟還罰他每天練寫一百個字。

「知道了。」他只能認了，畢竟所有的暑假作業都是短短幾天之內趕出來的，自然是慘不忍睹，通不過媽媽的標準。

「最近怎麼會那麼倒楣啊，應該到此為止了吧？」他心想，為了玩線上遊戲，歷經生病、近視、變胖、被罰等衰事也就算了，最後竟連在遊戲中辛苦所掙來的一切也化為烏有，該不會有人比他更倒楣了。

就在他準備回房開始練字的當下，一件更嚴重的倒楣事來了。

客廳電話突然響起，媽媽接聽之後講沒幾句，竟神色大變看向豪豪。那是一通警察局打來的電話，警方說豪豪涉入一件網路詐欺案，要請媽媽帶他到警察局說明，好協助偵辦的員警了解案情。

媽媽與豪豪自然是嚇壞了，不知這到底是怎麼一回事，便趕緊打電話給豪豪的爸爸。爸爸一時之間無法離開公司，只好先請媽媽帶豪豪去警局，他自己則會盡快趕過去。

這是豪豪生平第一次進警察局接受訊問做筆錄，他懷著一顆恐懼害怕的心，跟著媽媽來到警局。不料他才一踏進警局，便看見小業和他爸爸也在裡頭接受警察的訊問。

「小業，怎麼是你？」豪豪忍不住大叫起來。

原本低頭的小業聽見豪豪的聲音，抬起頭來以充滿歉意的眼神看了他一眼，隨即又低下頭去，不敢說話。

負責偵訊的員警問道：「你是林紫豪同學嗎？」

一旁的媽媽緊張的替豪豪回答：「是，這是我兒子林紫豪。」她不解的問道：「請問警察先生，到底是發生了什麼事情，為什麼說我兒子是網路詐欺犯？」

員警見豪豪的媽媽十分著急，便對她說：「這位太太您先別急，事情是這樣子的……」

經警察先生解釋之後，才知道原來是小業曾把豪豪線上遊戲的帳號密碼，透露給一位騎士團的網友知道，那名網友便以豪豪的名義，在網路上販賣起遊戲中的虛擬寶物。但那人根本是個網路騙子，許多人匯錢給他之後，卻沒有收到虛擬寶物，於是那些被騙的人才會一起告上警局。

「難怪！」豪豪這才恍然大悟，想起之前玩「騎士大陸」時，總會有些莫名其妙的陌生網友，問他寶物何時會給，當時他還以為對方認錯人了。

所幸警方根據IP位址找到那名騙人的網友，對方已供出豪豪線上遊戲的帳號密碼是來自小業，小業也坦承因為與豪豪在網路遊戲裡不合打了起來，恰巧那名騎士團網友向他表示，只要有豪豪

的帳號密碼，便能對他加以惡作劇報復，卻未曾想過會惹出這麼大的事情來。

「所以，我兒子應該是被害人，不是嫌疑犯了？」聽完員警的解釋後，媽媽不放心，多問了一句。

「當然，我們今天之所以請林紫豪同學過來，主要是希望他能作證，好確認一下這起案件的來龍去脈。」員警回答。

接下來警察先生便替豪豪做了筆錄，他一一詳實回答警方的問題，絲毫不敢有所隱瞞。不過這麼一來，媽媽就知道他一整個暑假都在玩線上遊戲了。果真是若要人不知，除非己莫為啊。

豪豪邊做筆錄邊想：「這下子可完蛋了，不知道會受多大的懲罰。唉，貪玩線上遊戲惹出來的倒楣事，究竟要到什麼時候才能完全停止呢？」

Chapter 9 寫信挽回珍貴的友情

等豪豪的爸爸開車趕到警局時，筆錄已經做完了，便把老婆和豪豪接回家。車上爸爸了解整件事情的經過以後，笑說：「老天保佑，幸好沒什麼事。」

媽媽立刻鐵青著臉說：「沒事？事情可大了！」

豪豪這次鬧上警局，媽媽實在是氣壞了，所以從警局回家以後，豪豪便被媽媽罰跪，而這一跪，竟達三小時之久，即便是爸爸說情也沒有用。

除了罰跪外，媽媽還下了禁制令，罰豪豪從今以後不准再玩線上遊戲，甚至連電腦也不准使用，要看他日後表現如何，再決定是否解禁。

豪豪歷經「滿腸盡塞黃金屎」、近視、變胖、遊戲成果歸零、被媽媽責罰、與小業交惡，甚至最後進了警局等諸多災難，又想起關於一一的報導與堂姊對他的規勸，對媽媽的處罰可說是毫無怨言的接受。他覺得自己先前將所有時間都用來玩線上遊戲，實在是一件不太有意義的事情。

暑假剩沒幾天，他非常努力的完成剩下的暑期作業，這一認真起來，才赫然發現自己因為太久沒寫字，還真的跟「一一」一樣，已經忘了很多字該怎麼寫，比如「畚箕」、「辣椒」、「尷尬」等字詞。用電腦打字時，可以很快打出來，可是手寫的話，發現不管怎麼寫，好像就是怪怪的，有一點點「似是而非」的感覺。

然而暫時還無法使用電腦的他，只能採取最傳統的方法來解決這種困境，那就是——查字典。這方法雖然比較費事耗時，但他查了字典之後卻發現受益匪淺，對於那些已經忘記該怎麼寫的字，透過查字典這個步驟，竟於無形之中加深了印象。

正如古人所云，一分耕耘一分收穫。暑假最後一天，媽媽檢查豪豪的作業和之前罰寫的字後，覺得相當滿意，終於准他可以使用電腦查詢資料。附加條件是：不能乘機偷玩線上遊戲，萬一被發現，將嚴懲不貸。

過去兩個月，豪豪每天一覺醒來，睜開眼的第一件事情就是打開電腦，準備上線玩遊戲。這已成了他的習慣動作，類似某一種很難戒除的「癮」，彷彿不這麼做就會很難受。說也奇怪，經過媽媽下達禁制令後，發現只要熬過前幾天那種「難受」的感覺，似乎就能把「癮」給戒掉了。豪豪明顯感受到，自從脫離暑假期間那種日夜顛倒的作息之後，精神好了許多，不再有一種昏昏沉沉的感覺了。

尤其開學前的這個晚上，因暑假作業已經完成，豪豪居然睡得格外「心安理得」，也格外香甜。翌日是開學日，他起了個大早，從容不迫的盥洗、著裝並用完早餐，然後精神抖擻的上學去，開心的迎接升上六年級的第一天。

抵達校門口，剛從爸爸的車子下車，走沒兩步路，豪豪馬上遇見一位同班同學從他眼前經過，他正想停下腳步舉手跟同學打招呼，卻未料到五年級已同班一整學年的同學，竟好像不認識他一般，很快的從他面前走過去。

「才過一個暑假就不認識我了？」豪豪心裡嘀咕的同時，又有一名熟識的同學彷若視而不見的從他身旁走過。

「怎麼回事，我是透明人嗎？」他百思不得其解。

忽然有人從身後拍了他的肩膀一下，猛一回頭，剛好對到那同學的鼻子。

「豪豪？」拍他肩膀的同學遲疑的喊了一聲，等看清楚他的臉後，立刻驚訝大叫：「豪豪，真的是你？」

豪豪將視線往上移一些，隨即認出，同樣驚訝大喊：「小光，是你。」

豪豪十分訝異，原本與自己差不多高的小光，如今已整整高出他半個頭。忽然，他恍然大悟，知道為什麼那些熟識的同學會不認得他了。

「豪豪，你變……」小光總算還夠朋友，及時把那個「胖」字給吞下去，改口說：「你變成四眼田雞了耶。」

「是啊，變成了大近視。」豪豪尷尬笑了一下說：「也變胖了。」

豪豪自己說出來，小光才順著他的話說：「呵呵，好像是耶。」

就因為他變胖又戴了眼鏡，跟以前高高瘦瘦的樣子實在差太多，所以同學們才會一時認不出他來，這讓他覺得好糗喔。

感到有些尷尬的他只好問小光：「你呢，怎麼突然變得這麼高？」

小光憨憨的搔了搔腦袋說：「我不知道耶，可能是一整個暑假都在打籃球的緣故吧。那你呢，暑假都在做什麼？」

「沒什麼啦，就玩電腦啊。」

兩人邊走邊聊，一路聊到教室。才一進教室，豪豪立刻看見久未謀面的小蘋站起身，朝他與小光的方向走來。

「嗨，小蘋，好久不見，我是豪豪，該不會連妳也認不出了我吧？」一看見小蘋暑假期間長高不少，幾乎跟自己一樣高，豪豪只好以「自我解嘲」的方式和她打招呼。

「小光你來一下，我有話跟你說。」小蘋卻像沒看見他，沒聽見他的招呼一般，拉著小光往教室外走了出去，還一路竊竊私語，不曉得在說些什麼。

小蘋的態度讓豪豪相當傻眼，明顯的，她要將原本是鐵三角成員之一的他給排除在外。

難過之餘，豪豪不禁在心裡自問：「為什麼小蘋要這樣對我呢？」

豪豪憋了一上午，終於在吃午飯的時候將小光拉到教室外，問他小蘋對自己的態度為什麼變成這樣。

小光回答：「還說呢，放假之前我們不是說好大家要通信保持聯絡的嗎？結果呢？你只回給我們一封字跡潦草又錯字連篇，看起來相當、十分、非常沒有誠意的信，之後就神隱起來消失不見。後來我一共又寫了三封信給你，小蘋也寫了兩封，可是都石沉大海，我們根本沒再收到你老大的回信。」

「啊，你們寫了這麼多信給我？」豪豪想起，印象中似乎收到幾封好友的來信沒錯，偏偏自己瘋玩線上遊戲，覺得寫字回信好麻煩，結果就沒回了。如今想來，果真對好友說不過去。

「真對不起。」豪豪很認真的向小光道歉，還問：「小蘋就是因為這樣才生我的氣，不肯理我是嗎？」

小光搔了搔頭回道：「你沒回信給我，我是無所謂啦，但小蘋好像真的很生氣。也難怪啦，這個暑假是她最難過的一段日子，最需要我們這些朋友的支持與鼓勵。想不到你卻不理她，她當然會生氣囉。」

「小蘋出了什麼事情嗎？」豪豪驚訝的問。

小光搔了搔頭，問豪豪說：「你還記不記得放暑假之前，我們在速食店碰面，那時小蘋的神色看起來怪怪的，好像很不開心的樣子？」

豪豪仔細想了一下，說：「是耶，那時我們問她，她還不太肯說。」

小光東張西望了一下，確定四周沒人注意他們，才壓低聲音說道：「小蘋的爸爸媽媽正協議分居，好像吵著要離婚的樣子。」

豪豪聽了之後大吃一驚，「怎麼會這樣？」他不禁叫出聲音來。

「噓，小聲一點。」小光連忙緊張的提醒豪豪：「這件事情除我之外，小蘋不想讓別人知道。早上她把我叫出去說話，就是交代千萬別跟你說這件事情。」他接著又低聲說道：「聽說小蘋的爸爸接到公司的派令，要外派到大陸工作，她媽媽不同意，於是就吵了起來。小蘋每天聽見爸媽吵架，難過到不行。後來她爸媽愈吵愈嚴重，連離婚都說出口，就因為這樣，所以小蘋的媽媽才會在暑假期間帶她回澎湖的娘家住。」

「我們鐵三角，本來沒有祕密。現在發生這麼大的事情，小蘋卻不願意讓我知道。」豪豪難過的說：「她應該是真的很生我的氣了。」

小光安慰豪豪說：「不一定啦，其實這件事情小蘋起先也不想跟我說呀。她在澎湖看她媽媽每天以淚洗面，自己愈想愈難過，後來跟她通了幾次信，她才終於忍不住對我說。」

「所以暑假期間你和小蘋通了很多信囉？」豪豪問。

「是啊，我一直寫信安慰她別太難過，鼓勵她樂觀一點，要相信自己的爸媽應該不會離婚。可是好像沒什麼用耶，雖然她有回信謝謝我，不過字裡行間看起來，還是很悲傷的樣子。」小光沉吟了一會兒，說道：「而且，她信中有提到你。」

「啊，提到我什麼？」豪豪問道。

小光遲疑了一下，還是告訴豪豪：「小蘋怪你太不夠朋友，一放假就無聲無息，連信也不肯回。還說什麼由此可知，人的感情是多麼不能信任，所以她爸媽的婚姻一定保不住，她從此就會變成單親家庭的小孩之類的。」

「是喔。」豪豪沮喪的說：「都怪我，是我不好。」

聽了小光的話後，豪豪終於明白小蘋為什麼不理他了。之後的幾天，他一直想找機會向她道歉，她的態度卻十分冷淡，根本不願意理他。

他難過之餘心想：「難道鐵三角的珍貴情誼，從此就要毀了嗎？」

這天豪豪在學校，找了兩、三次機會想和小蘋說話，但每每一見他走來，

她不是繞道而行，就是假裝與其他同學說話，連一點道歉的機會也不肯給。他回家做完功課後，坐在書桌前發呆，苦惱著到底該怎麼做，才能讓她原諒自己。

爸爸加班回來後經過豪豪的房間，見房門沒關，又發覺他好像情緒很低落的樣子，便進房問道：「怎麼了，看起來一副悶悶不樂的樣子？」

「爸，我在學校裡最好的朋友生我的氣，不肯理我了。」

豪豪將小蘋的事情一五一十的說了，爸爸明白事情的原委後，笑著問他：「記不記得媽媽跟爸爸吵架的時候，爸爸都是怎麼做的？」

豪豪想了一下，靈光一閃。

爸爸看見豪豪臉上的表情，猜他已經想到了，於是父子倆異口同聲說出三個字：「寫紙條。」

雖說豪豪的父母感情不錯，但夫妻之間難免會有鬧意見的時候，豪豪想起每當媽媽生爸爸的氣，不肯跟他說話的時候，爸爸就會寫些甜言軟語的小紙條來討好媽媽。

這方法看似簡單，卻百試百靈，那些小紙條彷彿帶有魔法一般，豪豪曾親眼見證過好幾次奇蹟發生。他看見氣呼呼的媽媽收了爸爸親手所寫、貼在冰箱門上的小紙條時，原本嚴肅生氣的臉馬上變得柔和，甚至還會不自覺的露出一抹淺淺的微笑。

「這方法對你們大人管用，對小孩子也會有用嗎？」豪豪有些遲疑。

「這跟大人、小孩無關，而是文字的力量喔。其實文字的力量是很大的，尤其是人們用心親筆寫出來的文字。」爸爸笑說：「既然說到這裡，爸爸不妨再告訴你一個祕密吧。」

聽見是祕密，豪豪立刻興致勃勃問道：「什麼祕密啊？」

爸爸呵呵笑道：「你應該不曉得，當年媽媽為什麼會跟爸爸結婚吧。」

豪豪懵懂的搖搖頭。

爸爸娓娓道來：「當年媽媽可是個大美女，同時間追她的人可不少，真要比起來，以你老爸我當時的條件來看，並不是媽媽眾多追求者當中最好的一個呢。」

「是喔，那媽媽為什麼會選擇嫁給你？」豪豪好奇的問。

「很簡單，你老爸我就是憑著一封封用心親筆寫的情書，才能擊敗眾多強敵，贏得勝利，娶到你媽咪，生下你這麼優秀的兒子啊。」爸爸摸摸豪豪的頭驕傲的說。

「原來是這樣。爸爸，謝謝你。」豪豪仔細一想果然有道理。小蘋生氣的起因是因為他沒回信，如果現在以「寫信」來道歉，似乎相當可行。

爸爸突然問他：「還記得小時候，媽媽很嚴格的訓練你要把字給寫好的事嗎？」

「記得啊。」豪豪說：「小時候要是我字寫得不好，媽媽就會用橡皮擦把我作業簿上的字全都擦掉，要我再重寫一遍。」

爸爸又問：「每次看你一邊掉眼淚，一邊委屈的重寫時，爸爸很心疼。可是我從來沒出聲制止過你媽媽，你知道是為什麼嗎？」

豪豪很快的回答：「知道，因為爸爸覺得媽媽那樣是了我好。」

爸爸笑得很欣慰：「你能明白我跟媽媽的心意，很好。有專家研究，用手寫字的小朋友，學習能力會比打字的小朋友要來得強喔。」

爸爸還對豪豪說，自己雖是一名電腦工程師，很明白電腦帶給人們的種種好

處，但他還是反對因為電腦打字比較方便，就完全放棄動手書寫的重要及樂趣。

接下來爸爸看著豪豪，意味深長的說：「至於有關你玩線上遊戲的事情，如果能做到適時適度，爸爸其實並不反對，但千萬不要過度沉迷，知道嗎？」

歷經一連串衰事以後，豪豪當然明白爸爸所說的話是對的。他對爸爸說：「後來遊戲公司的伺服器突然壞掉，害我辛苦好久的成果全都歸零。浪費那麼多時間、精神與金錢去玩遊戲，結果變成黃粱一夢，真的很不值得。」

爸爸摸摸豪豪的頭表示讚許，說道：「電腦其實很笨，只會分辨0與1，說穿了，電腦之所以能幫助我們做這麼多事情，其實靠的也是聰明的人類寫了很多程式出來，讓它去運算罷了。所以說，包括那些線上遊戲在內，不過是種種程式的運算結果而已。如果沉迷於遊戲軟體的虛擬世界之中，卻忘了現實生活中那些更重要、更該去做的事情，那可真是比電腦還笨了。」

爸爸離開之後，豪豪將爸爸方才所說的話仔細想了一遍，不僅覺得非常有道理，還與之前紫萱堂姊對他說的，頗有異曲同工之處。

堂姊曾勸他玩線上遊戲應該適可而止，否則將來若因此失去許多生命中更寶貴的東西，到時想要後悔也來不及了。

「沒錯，為了不想將來後悔，我一定要認真的寫一封誠摯的道歉信給小蘋，來挽回鐵三角之間的友情。」一思及此，他便埋頭開始認真的振筆直書。

Chapter 10

0&1的虛幻世界

還好豪豪以前讀過不少課外讀物，想到曾在書上看過一句話：「『誠實』往往是最好的策略。」

他寫給小蘋的道歉信並沒有太多虛文矯飾，僅如實的將自己亂七八糟的暑期生活做了一番簡略描述，末了他在信中寫道：「總之，我過了一個相當糟糕的暑假，迷失在線上遊戲中那個只有0與1的虛幻世界裡。為此我付出慘痛的代價，這前面都已跟妳提過了。其實，我最在意的，還是我們鐵三角的珍貴友誼。小蘋，真的很對不起，在妳最需要朋友的時候，我沒能及時支持妳，請原諒我，不要再生我的氣了。好嗎？」

第二天上學時，豪豪托小光將信轉交給小蘋，小光很夠義氣，並沒有多問豪豪信裡寫些什麼，只拍胸脯保證使命必達，一定會替他將信交給小蘋。

只是小光當然不能保證小蘋看過信後，一定會原諒豪豪，所以豪豪一整天都忐忑不安，不停的揣測小蘋讀信之後，到底會不會原諒他。所幸放學前他終於收到小光傳來的訊息，說小蘋約了他們，放學以後要在速食店裡碰面。

三人來到速食店，買好餐點，選了個比較僻靜角落的桌位，沒想到才一坐下，小蘋的眼淚便止不住的汩汩流下。她淚眼汪汪的向兩位好友求救說：「怎麼辦？昨天我爸媽吵得好凶，恐怕是離婚離定了。我真的很不願意看見他們離婚。」

小蘋如此驚慌失措又傷心難過，使得向來拙於言辭的小光，一時不知該怎麼辦才好，唯一能做的就是把速食店裡的面紙不斷遞給她，好讓她能夠擦眼淚。

豪豪則是憂喜參半，喜的是，小蘋會約自己同來商討她爸媽的事情，表示她已原諒了自己。憂的是，他很替她目前的處境擔憂。忽然間他靈機一動，想到昨天晚上爸爸跟他說過的話。爸爸說：「文字的力量是很大的」，所以若是女兒親筆寫給爸媽的信，想來一定更有力量吧。

於是他對她說：「我有個辦法，雖然不知道行不行，但或許可以嘗試一下，說不定能讓妳爸媽打消離婚的念頭喔。」

聽見豪豪的話後，小蘋與小光異口同聲問道：「什麼辦法？」

豪豪回答：「寫信。」

小光完全不懂豪豪的意思，搔搔腦袋的問：「寫什麼信，寫給誰？有什麼單位是專門在處理這種事情的？你的意思是，要寫信請他們幫忙嗎？」

「哈哈，不是啦，我是要小蘋寫信給她的爸媽。」豪豪笑說。

「你要我寫信給我爸媽？」小蘋一臉狐疑，不太懂豪豪的意思。

豪豪臉上露出神祕的笑容，問兩位好友說：「每當我爸跟我媽吵架的時候，你們知道最後都是怎麼解決的嗎？」

小光搔了搔腦袋說：「不知道。」

小蘋急了，催促道：「快點說，別再賣關子了，真的很討厭你耶。」

於是豪豪將爸爸寫字條的妙法說了出來，又將爸爸說的「文字的力量很大」那套理論告訴他們。

「我覺得妳不妨分別給妳爸媽各寫一封信，將妳內心不希望他們離婚的心聲，以文字充分的表達出來，讓他們知道。或許這麼做，可以讓妳爸媽不離婚也說不定喔。」豪豪如此建議。

「寫信有用嗎？」小蘋聽見解決難題的辦法這麼簡單，還是不免擔憂。

「我倒覺得豪豪這辦法不錯耶，可以試試看。」想不到小光搔搔頭，仔細想了一下，卻是贊同豪豪的建議。

一聽見小光贊成「寫信」，小蘋無形之中增添了幾分信心，她輕輕的嘆了口氣說：「好吧，反正死馬當活馬醫，我就來寫信吧。希望這個辦法真的管用，能讓我爸媽和好。只是，這信要怎麼寫呢？」

「別擔心，有我和豪豪啊，我們會一起幫妳想的。」小光說。

「對啊，我們三個集思廣益，相信一定可以寫出感動妳爸媽的信來。OK的啦。」豪豪為小蘋加油打氣，比出OK手勢。

小光也隨即比出OK。

小蘋眼見兩位好友這麼力挺自己，感動之餘信心大增，豪豪的辦法或許真的可以挽回父母的婚姻，於是她也比出OK手勢。

鐵三角久違不見的「三OK」手勢再度成形，小光首先笑了出來，連小蘋也一掃原本的滿面愁容，露出笑臉。豪豪見了自然跟著呵呵大笑，心中充滿感謝；感謝老天終於讓他找回這段原本岌岌可危的珍貴情誼。

話不多說，說做就做，鐵三角開始發揮三個臭皮匠的力量，由小蘋執筆書寫，小光與豪豪則在一旁幫忙出些意見，花了一個多鐘頭的時間，終於把小蘋要寫給爸媽的信件完成。

豪豪與小光陪小蘋去郵局寄信。

信件投入郵筒以後，小蘋轉身看向兩位好友，比了個OK手勢，像是在問他們：「一切都會沒問題的，對吧？」

小光與豪豪立刻很有默契的一起比出OK，這個「三OK」使他們滿懷信心，相信小蘋的父母一定會言歸於好。

回到家時，豪豪在信箱裡看見一封信，抽出來一看，是紫萱堂姊寫給他的。能收到堂姊的來信，豪豪自然十分開心。其實之前在阿公家收到小光與小蘋的來信時他也同樣開心，只不過當時沉迷於線上遊戲，所以並未真心去體會收到想念之人所捎來的信，竟會是這麼開心的一件事情。

一回到房裡，他便迫不及待的讀起堂姊親筆所寫的信，信中她表示大伯母的病情已受到控制，穩定下來，這讓她很是高興。同時也因母親的病情好轉，使得她對於順利考上公職這件事情愈來愈有信心。堂姊說她一定要考取，說不定媽媽見她上了榜，一開心，病就好得更快了。

豪豪細看堂姊所寫的字，雖稱不上漂亮，倒也十分端正工整，不似她之前自己說的，字寫得猶如鬼畫符一般。豪豪知道這是堂姊這段時間辛苦練字所得到的成果，很替她感到開心。為了避免重蹈覆轍，他馬上從抽屜裡取出信紙，提筆寫了封信回給堂姊。回完信後豪豪心想，得要趕緊做功課了，否則待會兒媽媽下班回來檢查的話，可就大事不妙了。

由於他做功課的時候相當專心又很認真，所以花不到一個鐘頭就把今天的作業完成了。唯一剩下的，是老師希望同學們能先上網查一下資料，好為明天要上的課程預做準備。幸好之前自己的表現良好，媽媽已准許他可以使用電腦查詢資料，否則每次使用電腦前還得報備，也挺麻煩的。

豪豪來到客廳將電腦打開，看見桌面上那個進入「騎士大陸」的捷徑圖示，心中不禁閃過許多念頭：「這麼久沒玩，不知道一一和其他網友們，現在是不是變得更厲害了？上次的駭客事件，遊戲公司後續處理不知道怎麼樣了？如果現在偷偷進去看一下，應該不會被發現吧？」

想著想著，豪豪將游標滑到捷徑圖示上，猶豫了一下，最終還是沒有點進去。除了想起之前沉迷遊戲遭受的種種教訓外，他還想到曾在書中讀過的一句話：「一個沒有自制能力的人，是不可會成功的。」

「堂姊為了大伯母都可以放棄玩遊戲，每天用功讀書、準備考試，還努力練字。既然我已經答應媽媽不再玩線上遊戲，就應該要做到才對。」豪豪這麼告訴自己，何況他並不想成為一個沒有自制能力、不會成功的人。

放棄進入遊戲的念頭後，豪豪很快就把老師交代的資料查完，順便收一下電子郵件。當他打開電子信箱，刪掉一大堆垃圾信件後，赫然發現一封意外的來信，寄件人署名是小業。

「小業為什麼要e-mail給我呢？真奇怪。」自從上回鬧到警察局以後，開學以來小業與自己便沒有任何互動，即使路上偶然遇到了，小業總是低著頭，連聲招呼也不打。如今寄來一封電子郵件，真令他百思不解。

豪豪好奇的把小業的信件點開閱讀，才知道這是一封道歉信。小業信裡說，先前洩露他的帳號密碼，結果不慎被詐欺犯利用，害他進警局，所以開學以後，自己很不好意思再跟他說話。思來想去覺得不妥，應該要道歉才是，可是每次在學校碰面時，卻又沒有勇氣將「對不起」三個字說出口。最後小業決定以電子郵件的方式來表達歉意，希望能獲得他的諒解。

雖然小業這封電子郵件的內容仍錯字連篇，不過豪豪還是感受到小業的誠意，於是立刻回了一封短信以表示接受他的道歉，並且認為自己也有不對的地方，希望經過這件事以後，兩人依然是好同學、好朋友。

才剛送出回給小業的信，他發現收件匣裡又多了封新郵件，這封信更令他感到驚訝與好奇，因為寄件人的欄位署名顯示為「一一」。

在「騎士大陸」的遊戲世界裡，豪豪一直將一一視為最好的朋友，雖然現在自己已經不玩了，但對於當初他在遊戲裡所給予的指導與幫助，至今想來，豪豪的心裡仍是暖暖的。

住院時從報上得知一一的身世，豪豪對他的處境與遭遇除了同情外，也很訝異居然有人可以不用上學，毋需工作，只成天掛在網路的遊戲世界裡，最後居然連字也不會寫了。有時他不免會想，要是有天他的父母離開，不再供他生活費，那麼到時他要如何繼續生活下去呢？

豪豪點開一一寄來的那封電子郵件，一如一一向來那種酷酷的簡約風格，信中他只打了一行字：「你不玩騎士大陸了嗎？遊戲公司已作補償，如有上線請盡快與我聯絡。」

豪豪讀信之後，回了封電子郵件給一一，表示自己不再玩「騎士大陸」，謝謝他的掛心。此外還好言規勸他，應試著再回學校念書會比較好。

要不要回信給一一，本來豪豪有點猶豫。

玩遊戲時，只是把他當作網路上的好朋友，倒也沒有多想什麼。可是如今既已知道一一是個年紀比自己大上許多的大哥哥，不知道他會不會把自己規勸他的話給聽進去。

豪豪轉念一想，和一一總算朋友一場，反正自己對朋友善盡勸導義務就好，至於他聽不聽，得看他自己了。這麼一想，豪豪還是按下傳送鍵，將信件寄了出去，並在心中默默祝禱，希望他能早日重返校園，開始新課業的學習，做個健康快樂又正常的學生。

小蘋給爸媽的信已經寄出去三、四天了。這天午休，鐵三角的三名成員聚在一起吃營養午餐。

「小蘋，怎麼樣，有好消息嗎？」豪豪問。

小蘋苦著臉，沮喪的搖搖頭。

「難道妳爸媽還沒收到妳的信？不可能啊，信應該早就寄到了才對。」小光咬了口滷蛋後說。

「我也不知道，我只知道我爸媽還在冷戰，不曉得他們到底看了我寫的信沒有。」小蘋以筷子撥了撥飯盒中的飯粒，難過的說。

「冷戰？」豪豪揚揚眉宇的問。

「是啊，就是兩個人即使見面也不說話。」小蘋說。

「沒有大吵？」小光問。

小蘋想了一下，回答：「這兩天好像沒有。」

「那很好啊。」豪豪與小光異口同聲。

「很好？」小蘋有些不可置信：「你們兩個是我的好朋友，我爸媽在冷戰耶，你們居然還說『很好』？」

「對啊。」小光嘴裡塞滿食物，含糊不清的說：「由熱吵變冷戰，表示有進步。」

小蘋聽聞此言，狠狠的瞪了小光一眼。

豪豪急忙把嘴裡的飯菜嚥下，對小蘋解釋：「我想妳爸媽應該已經看過妳寫的信了，只是大人比較愛面子，一時不知道要如何面對對方，所以才會變成現在這種冷戰的局面。」

聽了豪豪說的話，小蘋問：「是這樣嗎，你怎麼知道？」

豪豪笑說：「我是從我爸媽身上看到，所以才會知道啊。妳放心好了，我相信只要再給妳爸媽一點時間，情況一定會好轉的。」

「嗯。」小蘋點點頭，滿懷期盼的說：「豪豪，真希望如你所說的那樣。」

幾天以後的某一天，豪豪與小光在教室裡早自習，兩人都有點心不在焉，因為第一堂課就快要開始了，卻還遲遲未見小蘋的身影。她可是從不遲到的，這不禁讓他們有點擔心，是不是她的父母又出問題。

第一堂課的鐘聲響起之際，總算見到小蘋匆匆忙忙進入教室，剛好比任課老師早那麼一步而已。開始上課沒多久後，豪豪與小光便分別收到小蘋傳來的小紙條，約他們放學之後在老地方碰面。

一整天無論兩個小男生怎麼問小蘋，她都不肯把碰面的理由透露出來。雖然他們好奇難耐，但見小蘋臉上帶著一抹神祕的笑意，便猜想應該會有好事才對。

放學後，鐵三角三名成員才剛在速食店裡坐定，小蘋果然就馬上笑嘻嘻的宣布：「我爸我媽回信給我了耶。」

「真的嗎？太好了。」小光替她高興。

「妳爸媽信裡跟妳說什麼呢？」豪豪雖然也為小蘋開心，卻不免好奇。

小蘋從書包裡掏出爸媽寫給她的兩封信，分別遞給豪豪與小光，等他們看完之後再交換看另一封。

小蘋的父母在信中「不約而同」的向她表示歉意，並且還說只顧著和另一半意見不合爭吵，卻忽略她的感受，實在不是稱職的爸媽。不僅如此，他們更「不約而同」的在信中坦承，其實並沒有真想離婚的念頭，只是雙方見面時總不免大吵，所以情況才會愈來愈糟糕。

「看來妳爸媽很有默契耶，怎麼寫的內容都差不多。」小光讀完信後搔搔腦袋的說。

「那當然，其實他們感情本來就很好。」小蘋說這話的表情看來有點感傷。

「別擔心，依妳爸媽信中所寫的內容看來，相信不久之後，他們一定會和好如初的。」豪豪說。

「是嗎？」小蘋滿懷希望的看著豪豪問道：「那我接下來該怎麼做呢？」

「跟妳爸媽除了以書信的方式繼續對話外，妳應該還要在信中鼓勵他們透過『文字』來溝通彼此的想法，這樣才能避免『一言不合就爭吵』的惡性循環。」

「嗯，我知道了。」小蘋滿懷感激的說：「豪豪、小光，真的很謝謝你們。要不是有你們這兩個好朋友陪在我身邊，幫我出主意，我還真不知道該怎麼辦才好呢。」

「齁，妳幹麼這樣啊？」小光被小蘋這麼一謝，反倒有些不好意思。「老實說，我很認同豪豪所說的，文字的力量其實很大、很神奇。你們兩個也知道，我的功課向來不是很好，可是外公仍堅持要我長期練字，說是要培養我的耐心與專注力，如此一來功課自然就會變好。以前我不覺得這辦法有用，這學期我卻突然開了竅一樣，很多以前學不會的功課，這學期可都想通了呢。」

「真的嗎，那要恭喜你囉。」小蘋與豪豪聽了，很替小光感到開心。

豪豪打趣的對小光說：「這學期我一定要更加用功念書，不然成績很快就會落後你一大截了。」

小蘋一聽，白了豪豪一眼。「還說呢，你什麼都好，就是很多事情都不用心。比如暑假那段時間你不理我們，現在想來我還覺得有點生氣呢。」

「對不起嘛，我保證那樣的事情以後絕不會再發生了。OK？」豪豪再度誠摯的向兩位好友道歉，還比了個OK手勢。小光立即比出OK，表示自己絕對相信豪豪的保證。

小蘋則仍假裝生氣，不肯跟進，害得豪豪緊張了一下。最後她總算笑出，比了OK手勢，才終於使得鐵三角的三OK手勢能湊在一起。

他們三人把比出OK的手靠在一起，相約將來無論發生任何事情，一定要友誼長存。

豪豪的手靠向好友的手，心中有股暖暖、充實的感覺。想起暑假那段期間，整日活在只有0與1的虛擬世界裡，真可說是既無聊又超沒意義的呢！

——全文完

國家圖書館出版品預行編目資料

打怪的暑假／徐磊瑄、高建成作. -- 初版. -
台北市：幼獅, 2013.07
面； 公分. --（小說館；4）

ISBN 978-957-574-915-6（平裝）

859.6 102011073

·小說館 004·
打怪的暑假

作 者＝徐磊瑄·高建成
繪 圖＝徐至宏
出 版 者＝幼獅文化事業股份有限公司
發 行 人＝李鍾桂
總 經 理＝王華金
總 編 輯＝林碧琪
主 編＝沈怡汝
總 公 司＝10045台北市重慶南路1段66-1號3樓
電 話＝(02)2311-2832
傳 真＝(02)2311-5368
郵政劃撥＝00033368

印 刷＝崇寶彩藝印刷股份有限公司
定 價＝250元
港 幣＝83元
初 版＝2013.07
四 刷＝2021.07
書 號＝987214

幼獅樂讀網
http://www.youth.com.tw
e-mail:customer@youth.com.tw
幼獅購物網
http://shopping.youth.com.tw

行政院新聞局核准登記證局版台業字第0143號

幼獅文化公司／讀者服務卡／

感謝您購買幼獅公司出版的好書！
為提升服務品質與出版更優質的圖書，敬請撥冗填寫後（免貼郵票）擲寄本公司，或傳真（傳真電話02-23115368），我們將參考您的意見、分享您的觀點，出版更多的好書。並不定期提供您相關書訊、活動、特惠專案等。謝謝！

基本資料

姓名：……………………先生／ 小姐

婚姻狀況：□已婚 □未婚　職業： □學生 □公教 □上班族 □家管 □其他

出生：民國…………年…………月…………日

電話：（公）…………（宅）…………（手機）…………

e-mail：…………

聯絡地址：…………

1.您所購買的書名：

2.您通常以何種方式購書?：□1.書店買書 □2.網路購書 □3.傳真訂購 □4.郵局劃撥
（可複選） □5.幼獅門市 □6.團體訂購 □7.其他

3.您是否曾買過幼獅其他出版品：□是，□1.圖書 □2.幼獅文藝 □3.幼獅少年
□否

4.您從何處得知本書訊息：□1.師長介紹 □2.朋友介紹 □3.幼獅少年雜誌
（可複選） □4.幼獅文藝雜誌 □5.報章雜誌書評介紹…………報
□6.DM傳單、海報 □7.書店 □8.廣播(　　　　)
□9.電子報、edm □10.其他…………

5.您喜歡本書的原因：□1.作者 □2.書名 □3.內容 □4.封面設計 □5.其他

6.您不喜歡本書的原因：□1.作者 □2.書名 □3.內容 □4.封面設計 □5.其他

7.您希望得知的出版訊息：□1.青少年讀物 □2.兒童讀物 □3.親子叢書
□4.教師充電系列 □5.其他

8.您覺得本書的價格：□1.偏高 □2.合理 □3.偏低

9.讀完本書後您覺得：□1.很有收穫 □2.有收穫 □3.收穫不多 □4.沒收穫

10.敬請推薦親友，共同加入我們的閱讀計畫，我們將適時寄送相關書訊，以豐富書香與心靈的空間：

(1)姓名…………e-mail…………電話…………
(2)姓名…………e-mail…………電話…………
(3)姓名…………e-mail…………電話…………

11.您對本書或本公司的建議：

廣 告 回 信
臺北郵局登記證
臺北廣字第942號

請直接投郵　免貼郵票

10045 臺北市重慶南路一段66-1號3樓

幼獅文化事業股份有限公司

請沿虛線對折寄回

客服專線：02-23112832分機208　傳真：02-23115368

e-mail：customer@youth.com.tw

幼獅樂讀網http：//www.youth.com.tw

幼獅購物網http://shopping.youth.com.tw